용기 까진 필요 없어

용기까진 필요 없어
ⓒ 김윤진, 2025

초판 1쇄 발행 2025년 9월 29일

지은이 김윤진
책임편집 김혜선 **마케팅** 김보라 **디자인** 콩
펴낸이 김혜선 **펴낸곳** 서유재 **등록** 제2015-000217호
주소 (우)04034 서울 마포구 잔다리로7길 18(서교동 377-20) 504호
대표메일 seoyujaebooks@gmail.com
종이 엔페이퍼 **인쇄** 성광인쇄
ISBN 979-11-7529-000-6 43810

이 책은 저작권법에 따라 보호받는 저작물이므로 무단전재와 무단복제를 금합니다.
잘못 만든 책은 구입하신 서점에서 바꾸어 드립니다.
책값은 뒤표지에 있습니다.

이 책은 2025년 문화체육관광부의 '중소출판사 도약부문 제작지원' 사업의 지원을 받아
제작되었습니다.

바일간 025

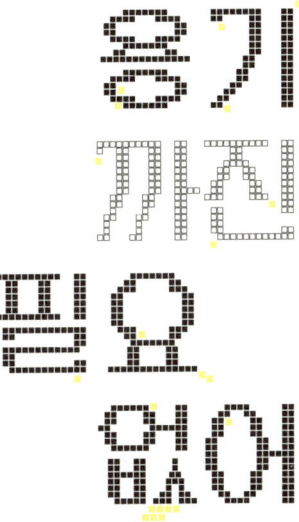

용기까진 필요 없어

김윤진 장편소설

서유재

차례

- 최악의 하루 7
- 다큐멘터리의 시작 18
- 예쁘다는 말 32
- 사건의 시작 47
- 범인을 잡아야 하는 이유 62
- 용의자와 용의자 77

- 그날의 비밀 91
- 경고 104
- 따뜻한 손은 힘이 세다 119
- 유인 작전 132
- 진짜 브이 143
- 다시, 레디 액션! 156

작가의 말 170

최악의 하루

단톡방에 메시지가 연이어 올라왔다. 대충 건너뛰며 넘기다가 장하리가 보낸 사진에서 턱 멈췄다. 뜨거운 기운이 발끝에서 머리끝까지 순식간에 휘감는 느낌이 들었다.

> 나 이 정도면 연예인 해도 되는 거 아님?

> 이쁨. 하리 너 유튜버 윤지 같아.

> 맞아. 윤지라고 해도 믿을 듯.
> 나도 이거 해 볼래. 어디서 함?

> 여기. 엄청 간단해. 내 사진만 넣으면 바로 바뀌어서 나와.

하리가 간단한 앱 사용법과 함께 다운 받을 수 있는 링크도 공유했다. 누군지 구분이 안 갈 정도로 비슷한 사진들이 연달아 올라오기 시작했다. 띠링띠링 울리는 알림음이 비명처럼 들렸다.

하나같이 갸름한 얼굴, 오똑한 코, 큰 눈에 멋진 헤어스타일.

요즘 유행인 앱을 이용해서 자기 얼굴을 영화배우 주인공처럼 예쁘고 잘생기게 수정한 사진들이었다. AI를 이용해 만든 합성 사진은 내 사진으로 만들었기 때문에 나와 비슷한 부분이 있다. 그래서 이 모습이 조금은 나한테 있는 거 아닐까 착각하게 된다.

머리가 띵하니 울리면서 호흡이 가빠졌다. 쉬지 않고 올라오는 사진들이 내 목을 조를 것만 같았다. 고민할 새도 없이 손가락이 움직였다.

> 그만 올려. 괴물 같은 사진들.

> 헐. 강루이, 뭐래? 갑자기 급발진이야.

> 우리 보고 지금 괴물이라고 한 거야?

> 맨날 말 걸어도 씹더니.
> 혼자 잘난 척이네.

> 싫으면 안 하면 되지, 왜 시비야?

손가락이 떨렸다.

급발진. 맞다. 그냥 못 본 척할 걸 왜 참견했을까?

괴물들은 어느새 사라지고, 대신 나를 향한 따가운 메시지들이 연이어 쏟아지고 있었다. 내 편은 없었다.

그때 개인 메시지가 날아들었다. 나드림이었다.

> 강루이, 너 나한테 할 말 없어?

이어지는 다음 메시지.

> 사과라든지, 아니면 떡볶이라든지.

동시에 사진 한 장이 전송되었다. 깁스한 팔 사진이었다.

> 이 사진을 보니 나한테 떡볶이 사 주고
> 싶지 않냐? 이모분식. 10분 내로 컴 온!

> 싫다면?

> 너 혹시 그 속담 알아? 호미로 막을
> 일을 가래로 막는다. 지금 안 오면
> 떡볶이보다 더 큰 대가를 치러야 할걸?

어제 5교시가 막 끝난 뒤 벌어진 일을 떠올려 봤다. 두 번, 세 번 생각해도 내 탓이 아니……, 아니다. 내 탓이다. 가방끈이 책상 아래까지 늘어져 있는 줄 모르고 수학 문제에 집중했던 내 잘못이다.

나드림이 급하게 내 책상 옆을 뛰어 지나가다가 내 가방끈에 발이 걸려서 교탁 앞까지 날아갔다. 우당탕 소리에도 나는 고개를 들지 않았다. 학교에서 그 정도 소란이야 늘 있고 대부분 나와 상관없는 일이었으니까. 하지만 짝꿍이 어깨를 툭툭 쳤다. 내가 쳐다보자 당황한 표정과 걱정스러운 목소리로 이제 어떻게 할 거냐고 했다. 순식간에 나의 의지와는 상관없이 나는 나드림을 넘어뜨린 가해자가 된 거다.

그래도 쌍방과실 아닌가? 만나면 최대한 발뺌을 해 봐야겠다고 마음먹으며 옷장 문을 열었다. 검은색 야구 점퍼가 눈에 띄었다. 입으니 어깨가 넓어 보여 마음에 들었다. 통이 큰 회색 바지를 입고, 앞머리를 흐트려 눈을 가렸다. 마지막으로 늘 쓰고 다니는 검은색 모자를 푹 눌러쓰고 집을 나섰다.

이모분식 안에는 이미 나드림이 자리를 차지하고 앉아서 2인분은 넘어 보이는 떡볶이를 흡입하고 있었다. '어, 여기 선불인데? 말만 그렇지 착한 녀석이었어'라고 생각하며 앉자마자 나드림이 계산대를 가리켰다.

"친구 오면 바로 계산한다고 했어. 얼른 돈 내고 와."

나는 주먹을 꾹 움켜쥐고 계산대로 걸어가 카드를 내밀었다. 피 같은 하루치 용돈이 순식간에 용돈 카드에서 빠져나갔다. 내가 자리에 앉기도 전에 나드림이 입술을 쭉 내밀고 나를 쳐다봤다. 반응이 없자 깁스한 팔을 내 코앞까지 들이밀었다.

"두 달은 하고 있어야 한다더라. 오른팔인데."

두 달. 오른팔.

예상했던 멘트보다 더 강력하다. 발뺌을 하려던 계획을 수정해서 깔끔하게 사과하기로 결심했다.

"미안해. 진심으로 사과할게. 치료비는 내가 다 물어줄게."

"치료비가 문제가 아니고."

내 말에 나드림이 씩 웃었다.

"강루이, 네가 갑자기 오른팔을 다쳤다고 생각해 봐. 게임도 못 하고 밥도 흘리면서 먹어. 또 머리 감을 때는 얼마나 불편한지 알아? 2년 동안 기른 머리를 단발로 잘라야 하나 고민할 정도라니까. 학원 숙제는 어떻게 하고? 너 때문에 난 망했어. 어떻게 책임질 거야?"

급하게 마신 물이 목구멍을 거슬러 튀어나올 뻔했다.

망했다니, 책임지라니! 그래서 학폭 신청이라도 하겠다는 건가?

학폭 기록이 생기면 내 계획은 엉망이 된다. 나야말로 망하는 거다. 나드림의 말이 더 이어지기 전에 얼른 말을 막았다.

"내가 도와주면 되잖아."

"어떻게 도와줄 건데?"

"숙제 대신 해 줄게. 학교 숙제든, 학원 숙제든."

"뭐야, 뭘 이렇게 쉽게 해 준다는 거야. 기대했던 거랑 다르잖아."

뭘 기대했는지 모르겠지만 썩 좋은 느낌은 아니었다. 그러든가 말든가 더 이상 대답하지 않고 떡볶이 속 숨어 있는 어묵을 골라 입에 넣는 데 온 신경을 쏟았다.

"그런데 너 아까는 왜 그런 거야?"

"내가 뭐 어쨌는데?"

"장난으로 만든 합성 사진 가지고 부르르했잖아."

나드림의 말에 또 가슴속에서 뜨거운 불기둥이 치솟는 것 같았다.

"장난이라고? 장난으로 던진 돌에 개구리가 맞아 죽는다는 말 몰라?"

"누가 들으면 애들이 너한테 돌 던진 줄 알겠다. 너야말로 애들이 맨날 말 걸어도 무시하면서. 솔직히 너 전학 오고 이렇게 말 많이 하는 거 처음 봐. 혹시 학폭 신고라도 할 줄 안 거야?"

정곡을 찔려 잠깐 당황했지만 그렇지 않은 척 눈을 치켜떴다. 나드림의 안경알 너머로 갈색 눈동자가 반짝였다. 그리고 깜빡임 한번 없이 애써 앞머리로 가린 내 눈을 응시했다. 도대체 내가 왜 그러는지 궁금해 죽겠다는 표정이다. 난 나드림에 대해 잘 모른다. 그건 나드림도 마찬가지다. 다른 점이 있다면, 나드림은 나에 대해 궁금해한다는 거고 난 알고 싶지 않다는 거다.

"쓸데없는 얘기 할 거면 됐어. 나 이제 가도 되는 거지?"

떡볶이도 사 줬고 숙제도 책임지기로 했다. 이 정도면 팔에 금 간 대가로 나쁘지 않다. 그런데 끝나지 않았다는 듯 나드림이 포크로 식탁을 톡톡 쳤다.

"있잖아. 숙제보다 더 큰 문제가 하나 있어. 깁스 때문에 가방을 멜 수가 없거든. 숙제는 안 해 줘도 괜찮고 이왕 도와줄 거면 학교 갈 때 내 가방을 들어주면 좋을 것 같아."

"뭐라고?"

당황해서 커진 내 목소리에 가게 안에 있던 사람들의 눈길이 나에게 쏠렸다. 나드림은 어깨를 으쓱하며 마음대로 하라는 표정을 지었다. 그래, 이왕 사과하기로 마음먹은 거 깔끔하게 해결하고 넘어가자고 나 자신을 다독였다.

"좋아. 가방. 깁스 풀 때까지만 대신 들어 줄게."

"오케이! 그리고 나 슬러시도 먹을래. 포도맛으로. 사실 매운 거 잘 못 먹거든."

떡볶이 사 달랄 때는 언제고?

내 속마음을 듣기라도 한 듯 나드림이 씩 웃었다.

구름 한 점 없다. 미세먼지도 없는 아주 화창한 날이다. 저 얄미운 나드림만 안 보인다면 완벽했을 그런 하루.

"강루이!"

오른손을 가슴께에 반듯하게 붙이고 서 있던 나드림이 왼손에 든 기다란 가방을 바닥에 내려놓고 나를 향해 손을 흔들었다. 하루 만에 짧아져 어깨 위에서 찰랑이는 머리카락이 미소와 함께 바람에 휙 날렸다. 고민이라고는 일도 없는 웃음이다. 짜증나게.

나는 어제 잠이 하나도 안 왔다. 나드림 가방을 들고 다니는 내 뒤에서 애들이 뭐라고 수근거릴지 생각하느라.

불퉁한 표정으로 다가서는 나에게 나드림이 다짜고짜

에너지바 하나를 내밀었다. 초코 함유량이 높고 바삭거리는 식감이 독보적인, 내가 제일 좋아하는 에너지바였다. 아침 먹기 싫을 때는 종종 초코바를 씹으며 등교한다.

"너 이거 좋아하지? 도움이라는 게 말이야, 절대 당연하게 받으면 안 되는 거거든. 도움 필요한 일 생기면 꼭 말해라. 팔 쓰는 거만 빼고."

밤새도록 머릿속을 헤집었던 끈적한 의심들이 조금은 산뜻해졌다. 하지만 의심을 누그러뜨리지는 않고 물었다.

"너 팔 다친 거 핑계로 나 놀리는 거 아니야? 강루이 가방 셔틀 시킨다고 애들한테 떠들고 다니려고?"

"내가 그렇게 유치한 애로 보이니? 넌 전학 와서 나를 잘 모르겠지만, 난 말하는 거보다 듣는 걸 좋아해. 그리고 아주 입이 무겁지."

"그건 모르겠고, 너 여기저기 참견하는 스타일이라는 건 알아. 별명이 나대요인 것도 알고."

능청스럽게 어깨를 으쓱이던 나드림이 코끝에 내려온 안경을 올려 쓰며 또 푸흐흐 웃었다. 이상하게 마음에 건 단단한 빗장이 조금 느슨해지는 기분이 들었다. 그동안 너무 단단하게 움켜쥐고 있느라 힘이 많이 들었나 보다. 고작 이 정도 웃음에 느슨해지다니.

일부러 돌멩이라도 더 넣은 것 같은 의심이 드는 묵직한 검은색 가방을 빼앗아 들었다. 교실에 도착하자마자 나드림 책상 위에 던지듯이 가방을 내려놓았다. 내 쪽을 흘끔 본 아이들이 인사 한마디 없이 자기들끼리 하던 얘기를 마저 이어 갔다.

'맞다. 어제 단톡방에서 분위기 싸했지.'

잊고 있었던 어제 일이 다시 떠올랐다. 단톡방에서 누구도 내 편이 되어 주지 않던 일도. 모여 웃고 있는 아이들 사이로 장하리가 내 쪽을 흘긋 쳐다보더니 금세 다시 고개를 돌렸다. 어제의 일로 기분이 상한 듯했다. 교실 안에 들어서자 느슨했던 마음이 다시 단단하게 뭉쳤다.

'관심 없어. 너희들이 나에 대해 뭐라고 떠들든. 난 혼자 있는 게 편하니까.'

무리 지어 짹짹대는 참새 떼들 사이에서 혼자 앉아 있는 비둘기처럼 나는 입도 뻥긋하지 않고 내 자리에 앉아 교과서와 필기도구를 꺼내며 마음을 다잡았다.

다큐멘터리의 시작

1교시는 내가 좋아하는 박다현 선생님의 기가 시간이다.

박다현 선생님이 좋은 이유 첫 번째, 아이들을 차별하지 않는다. 그러니까 나드림이나 장하리 같은 아이들에게 특별히 더 말을 걸거나 친한 척하지 않는다.

두 번째, 수업 시간에 쓸데없는 말을 안 한다. 사담 없이 진도를 나가고 시험에 나올 것, 중요한 것을 딱딱 짚어 준다.

마지막으로 세 번째, 박다현 선생님이 심혈을 기울여서 생기부를 써 주는 아이들이 있는데 그 아이들은 무조건 특목고나 자사고에 입학했다는 소문. 그러니까 박다현 선생님은 생기부 쓰기 금손이라는 소문 때문이다.

요즘 나는 미어캣처럼 목을 쭉 빼고 선생님의 눈에 띄기 위해 엄청난 노력을 하고 있다. 하지만 선생님은 아무리 대답을 열심히 하고 고개를 끄덕여도 그런 나를 향해 웃어 주거나 고개 한번 끄덕여 주지 않는다. 그런 점이 좋기도 하지만 아쉽기도 하다.

수업 종과 동시에 들어온 선생님이 다짜고짜 칠판에 커다랗게 글씨를 썼다.

나의 길을 찾아서

갑자기 웬 나의 길? 애들이 웅성댔다. 애들은 모른다. 이런 과제를 수행한 내용이 나중에 자기소개서나 면접에서 강력한 무기가 될 수 있다는 걸. 나는 몸을 앞으로 기울여 선생님의 설명에 집중했다.

"지난주까지 진로 설계의 중요성에 대해 공부했습니다. 그렇다면 앞으로의 나는 어떤 길을 만들어 나갈 수 있을까요? 이 물음을 주제로 프로젝트 과제를 진행하겠습니다. 조별로 '나의 길'을 주제로 조사하고 정리한 내용을 발표해 주시면 됩니다. 꼭 직업과 연관되지 않아도 괜찮습니다. 여러

분이 좋아하는 것과 잘하는 것에 대한 이야기를 담으면 좋겠어요. 영상, 드로잉, 챗봇이나 더빙 등 다양한 방법을 활용할수록 좋습니다. 발표 내용은 패들렛에 다음 주 목요일까지 업로드해 주세요. 최종 발표는 금요일에 하겠습니다."

티브이 화면에 조 편성을 위한 알록달록 구슬들이 연신 돌아갔다. 같은 색의 구슬이 나온 사람들끼리 한 조가 된다. 1조부터 4조까지는 다섯 명. 5조만 여섯 명이다. 끝까지 나오지 않던 내 이름은 빨간색 구슬과 함께 유일하게 여섯 명인 5조에 배정되었다.

우리 조 멤버를 눈으로 훑으니 나쁘지 않았다. 1조는 나드림과 장하리, 그리고 반장 유미소까지 한 조였다. 1조가 아니라 다행이다. 저기에 끼면 아마 수족관 꼴뚜기 신세가 될 거다.

그때 딴 세상 일인 듯 반쯤 엎드려 있던 차현우가 손을 번쩍 들었다.

"선생님, 저는 이번 주에 전학 가는데요?"

교실이 찬물이라도 확 끼얹은 것처럼 조용해졌다. 이번 주에 전학 간다는 사실을 저렇게 갑작스럽게 얘기하는 경우라니. 그것도 자기 입으로, 아쉬운 표정 하나 없이.

"전학을 간다고요?"

"네. 누리아파트 급매 나왔다고 갑자기 결정됐어요. 누나가 못 간 누리 중학교 저라도 보내는 게 우리 엄마 소원이었거든요."

차현우는 묻지도 않은 말을 주절주절 늘어놓았다. 누리 중은 특목고와 자사고 입결이 높기로 유명한 학교다. 그 동네 아파트 값은 높다 못해 하늘을 찌를 정도라고 엄마가 지나가듯 한 말이 생각났다. 수업 시간 중 반 이상은 엎드려서 자고, 반은 수업과 관련 없는 말을 떠들어서 대놓고 구박받는 차현우와 정말 안 어울리는 말이다. 하지만 나랑은 관계없는 일이니까라고 생각한 다음 순간, 차현우의 전학은 나와 아주 밀접한 관계가 있는 일로 바뀌어 버렸다.

"그러면 현우가 속한 1조가 네 명이 되어 버리네요. 5조에서 한 명이 1조로 갔으면 좋겠는데? 그럼 모든 조가 다섯 명씩이 되는 거예요."

선생님이 5조 아이들 명단을 하나씩 보는 와중에 턱을 괴고 물끄러미 나를 쳐다보고 있는 나드림과 눈이 마주쳤다. 순간 등줄기에 서늘함이 스쳐 지나갔다. 동시에 나드림의 폭탄 같은 말이 터졌다.

"선생님, 5조 강루이를 1조로 보내주세요! 사실은 강루이가 저 팔 깁스한 거 자기 때문이라고, 미안하다고 가방도 들어주고 공부도 도와주겠다고 해서요. 그래야 자기 마음이 편하대요. 루이랑 같은 조 하면 제가 도움받으며 잘할 수 있을 것 같아요."

나드림과 강루이라니. 마치 민트 맛 피자를 받아 든 것처럼 아이들이 묘한 표정을 지었다. 하리가 얼굴을 찌푸린 채 중얼거리는 게 보였다. 하지만 차마 선생님 앞에서 '저 강루이랑 같은 조 하기 싫은데요?'라고 말할 용기는 없는 것 같았다. 물론 5조에서 누구 맘대로 강루이를 데려가냐고 어깃장 놓는 애들이 없는 건 당연한 일이고.

간단하다. 내가 가기 싫다고 하면 되는 거다. 그런데 선생님의 표정이 심상치 않았다. 팔을 다친 친구를 자진해서 도와주고 있다는 말에 진심으로 감격한 것 같았다. 선생님이 "드림이 말이 사실인가요, 강루이?"라고 내 이름을 부르는 순간, 나는 옅은 미소와 함께 생기부 금손 박다현 선생님을 보며 고개를 끄덕일 수밖에 없었다.

───

 장하리와 내가 마주 보고 앉고, 그 옆에 회장 유미소가 앉았다. 내 양옆에는 이동화와 나드림. 멀찍이 떨어져 1조가 아닌 듯 앉아 있는 차현우까지. 1조 멤버들을 모아 놓고 보니 답이 딱 나왔다. 여기에는 다 1등들이 모여 앉아 있다.

 우리 반 대표인 회장 유미소, 나대기로 우리 반 1등 나드림, 공부 제일 잘하는 장하리, 있어도 없는 것 같은 존재감 제로 1등 이동화. 그리고 아마도 1등으로 재수 없을 강루이. 아직 뭐가 1등인지 잘 모르겠는 차현우는 일단 1조에 같이 있기로 했는데, 역시나 책상에 엎드린 채 이상한 낙서만 끄적이고 있었다.

 회장 유미소는 조 편성이 마음에 든 눈치였다. 조 이름은 안 정하냐고 선생님에게 진지하게 건의한다는 걸 말려야 했다. 하긴 유미소가 마음에 들지 않을 조는 세상에 없을 거다. 세상에 어떤 것도 아름답게 본다는 유엄마, 유미소니까. 유미소 사물함에는 일 년 내내 사막의 오아시스처럼 간식거리가 줄줄이 샘솟아 늘 배고픈 아이들의 엄마가 되었다는 말부터, 학교 가방에는 책 대신 요일마다 돌아가며 밥을 주는 길고양이 간식 츄르가 한가득 들어 있다는 말도 있었다. 하리와 미소는 아까부터 둘만의 세상인 듯 신나게 수다를 떨었다. 교실 전체가 아수라장이었다. 박다현 선생님은 다 좋은데 소음에 너무 관대하다.

"미소야! 〈러브송〉 브이 버전 커버 곡 들어봤어? 진짜 브이 목소리랑 똑같아. 그거 씨유 노래잖아. 근데 난 브이가 부른 게 더 좋더라."

"그거 듣지 마. 브이가 AI 커버곡 제작에 반대한다고 얼마 전에 공식 영상에 올렸단 말이야. 참, 브이 계정 난리 났어. 어떤 여자하고 셀카 찍은 거랑 데이트하는 영상이 퍼졌는데 완전 연인 모드인 거 있지."

"진짜? 사귄대?"

"아니. 브이는 그거 합성이라고 강경 대응한다고 하더라고."

"거짓말하는 거 아니야? 진짜면 우리 미소 어떻게 해. 힝."

"난 브이 말 믿어. 꼭 범인 잡아서 벌줬으면 좋겠어. 조작된 사진이나 영상 때문에 피해 본 연예인들이 한둘이냐. 그리고 난 브이가 여자 친구 있어도 상관없어. 브이의 매력적인 음색, 작곡과 작사를 모두 직접 하는 천재적인 음악성, 기부도 많이 하는 인간성, 이런 걸 좋아하는 거니까."

"역시 브이 찐팬으로 인정한다. 그럼 넌 누구랑 사귈 건데? 너 좋아하는 애 있지?"

하리가 장난스럽게 미소의 팔을 쿡쿡 찔렀다.

"야, 하지 마."

미소가 하리의 손가락을 잡으며 웃었다. 누가 봐도 좋아하는 애가 있는 듯한 웃음이다.

나도 안다. 좋아한다는 건 세상이 온통 두근거리는 거다. 하늘의 구름을 봐도, 바닥에 기어가는 개미를 봐도 두근거린다. 나도 그랬다. 그 아이의 뒷모습만 봐도 심장이 당장 튀어나올 것처럼 뛰었고, 그 아이가 하는 말은 다 나를 생각하며 하는 말 같았다. 행복했던 시간을 망친 건 고작 사진 한 장 때문이었다. 그 사진은 아직도 내 핸드폰 저장함 깊숙한 곳에 남아 있다. 볼 용기도 없지만 지울 용기도 없다. 그 일을 생각할 때마다 나는 고슴도치가 된다. 온 마음이 다 뾰족해져서 누구를 찌르지 않으면 내가 찔릴 것 같아 고슴도치 가시처럼 날카로운 말을 뿜어낸다.

"우리 과제 얘기하러 모인 거 아니야? 브이가 아니라."

분위기를 깨는 딱딱한 내 말에 순간 정적이 감돌았다. 미소가 멋쩍게 웃으며 얼른 화제를 돌렸다.

"미안해. 너무 딴소리만 했지. 우리 각자 미래의 내 모습을 그림으로 표현해 보면 어때? 이번에 새로 나온 드로잉 앱 있어. 엄청 간단한데 완성도는 장난 아니야."

미소 말대로 최대한 서로 얼굴을 안 보려면 각자 할 수 있는 게 최고다. 조별 수행이지만 개별 과제 완성도가 눈에 보일 수 있는 점도 좋을 것 같았다. 드로잉 앱을 활용하면 그림에 소질 없는 나도 큰 노력 없이 그럴듯한 결과물을 완성할 수 있을 테고, 시간도 얼마 안 걸릴 테니 금상첨화다. 조별 과제에 시간을 뺏기는 것만큼 바보 같은 일도 없다. 그런데 아까부터 말 한마디 없이 우리가 하는 말을 듣고 있던 나드림이 양팔을 교차시켜 큰 엑스 자를 만들었다. 싫다는 강력한 의지의 표현이었다.

"그림은 혼자서도 얼마든지 그릴 수 있잖아. 조별 과제니까 협동해서 하나의 작품을 완성하는 게 중요한 것 같아."

누가 그걸 모르나. 같이하기 싫으니까 그런 거지. 하지만 그 말을 입 밖으로 꺼내지는 않았다. 나드림 말이 맞기 때문이다. 맞는 말에는 인정을 잘하는 게 지난 도덕 시간에 찾은 내 장점이다.

"우리 영화 찍으면 어때?"

"영화? 찍기 어렵지 않을까?"

"내 꿈이 다큐멘터리 감독이잖아. 촬영은 내가 할 수 있을 것 같아. 열심히 찍어 볼게. 팔이 하나뿐이지만 루이가 도와준다고 했으니까."

팔 다친 핑계로 날 이용하려는 나드림의 계획이 빤히 보이는 말이었다.

"시간 많이 걸릴 텐데……."

소심하게 반대 의견을 던져 봤지만 내 말은 묻혀 버렸다. 영화라는 그럴듯한 주제에 애들은 이미 잔뜩 흥분해 있었다.

"그럼 주인공은 누가 해? 맞다. 동화 너 연기 학원 다닌다고 하지 않았어?"

미소의 말에 엎드려 있던 차현우가 반쯤 몸을 세우고 동화를 쳐다봤다.

"연기 학원 아니고 댄스 학원이야."

동화는 쑥스러운 듯 눈을 가늘게 뜨며 웃었다. 동시에 차현우가 풋 하고 웃음을 터트렸다.

"댄스 학원? 너 설마 가수 하려고?"

"……어, 아니. 그냥."

망설이다가 대답하는 동화의 목소리가 억지로 짜내는 치약처럼 힘겹게 밀려 나왔다.

"요즘 들은 말 중에 제일 웃기다. 너 같은 애가 가수라니. 강루이라면 모를까."

차현우가 나를 턱짓으로 가리켰다. 애들의 시선이 내게 와 꽂혔다. 나는 못 들은 척, 못 본 척 창 쪽으로 시선을 돌렸다. 창문에 흐릿하게 내 얼굴이 비쳐 보였다. 표정 없는 내 얼굴은 꼭 흑백사진 같다.

'너 같은 애'라는 표현으로 차현우가 지칭한 동화의 특징을 말해 보자면, 일단 덩치가 크다. 우리 반에서 제일 크다. 곰돌이 푸 같다. 눈이 조금 작은데, 웃을 때 눈에 주름지는 게 브이를 닮았다고 누군가 장난치듯 말했다가 브이를 뻥튀기 기계로 튀겨 놔도 동화보다 브이가 낫다며 차현우는 그때도 빈정거렸다.

찾았다. 차현우는 무례하기로 우리 반 1등이다.

늘 웃는 미소가 차현우에게 쏟아붙이듯 말했다.

"너 우리 조 아니잖아? 끼어들지 좀 말아 줄래? 그냥 잠이나 자든가."

"나 오늘까지는 1조 맞거든. 그런데 왜 네가 시비냐. 너 동화 좋아하냐? 설마! 너 안경 써야겠는데."

"야, 너 말 다 했어?"

누가 봐도 동화가 화를 내야 하는 상황인데, 동화 대신 미소가 나서서 씩씩댔다. 정작 동화는 현우의 말을 들으면서도 반응이 없었다. 심지어 바보같이 웃으면서 이렇게 말했다.

"미소야, 화내지 마. 난 괜찮으니까."

내가 다 한숨이 나올 지경이다. 저렇게 말하면 편들어 준 미소는 뭐가 되는 거야. 바보같이 착한 건 착한 게 아니다. 민폐다.

"넌 아무것도 모르면서."

미소의 얼굴이 새빨개졌다. 동화의 말 때문에 졸지에 미소만 별거 아닌 일에 화낸 이상한 애가 되어 버렸다. 이동화가 제일 많이 하는 말이 '괜찮아'인 건 아싸인 나도 안다. 저 큰 덩치가 아깝다.

분위기가 험악해지려는 찰나 나드림이 차현우를 등진 채 우리를 향해 몸으로 말했다. 손가락 엑스, 어깨 한 번 으

쓱, 그다음 고개 절레절레.

무시가 답이야.

모두가 알아들었다.

"시간 얼마 안 남았으니까 빨리 정하자. 영화 말고 각자 꿈과 관련해서 노력하는 모습을 인터뷰하는 형식으로 다큐멘터리를 찍는 건 어때? 우리 모두 주인공으로 등장하는 거야. 촬영은 내가 쓰는 촬영용 카메라가 있으니까 그걸로 하면 될 것 같고, 영상 편집은 미소가 도와주면 좋을 것 같아. 유미소, 너 1학기 때 영상 편집 대회 나가서 상 받았잖아. 이번에 네 실력 좀 보자."

영상 편집 얘기가 나오자 미소가 현우에게서 시선을 거두고 다시 토론에 집중했다. 유미소, 의외로 단순하다.

"좋아. 우리 조 영상은 걱정하지 마. 내가 책임질게! 그럼 누구부터 촬영할까? 동화야, 첫 인터뷰로 너 댄스 학원에서 춤 배우는 거 찍으면 어때?"

동화는 바로 대답하지 않고 머뭇거렸다.

"나 아직 배운 지 얼마 안 됐는데."

"괜찮아. 꿈을 향해 노력하는 모습을 찍는 거니까 오히려 자연스러운 모습이 더 좋아."

"원장님이 촬영을 허락하실지도 모르겠어."

"영상 찍어서 홍보해 준다고 하면 바로 허락해 줄 거야. 우리가 얘기해 볼게!"

"근데 너희들 학원 가야 하지 않아?"

"학교 끝나자마자 한 시간 정도는 괜찮을 거 같아. 다들 어때?"

동화와 우리 사이에 이런저런 핑계와 대답이 오갔다.

"동화야, 너 춤추는 거 보고 싶어."

마지막으로 미소가 두 손을 모으고 동화에게 간절한 눈빛을 보냈다. 망설이던 동화는 결국 고개를 끄덕였다.

예쁘다는 말

 동화가 다니는 댄스 학원으로 향하는 길, 나드림이 집에서 카메라 장비를 가져와야 한다며 나에게 가방을 내밀었다. 나도 모르게 자연스럽게 나드림의 가방을 받아 들었다. 두고 봐라. 깁스만 풀면 나드림이 길을 가다 번개를 맞아도 절대 모른 척할 거니까.
 "너희들은 학원에 먼저 가서 촬영 허락받고 있어. 루이랑 카메라 들고 바로 갈게."
 미소와 동화가 촬영 허락을 받기 위해 학원으로 향하고, 하리는 집에서 인터뷰를 위한 준비물을 챙겨 오기로 했다. 나는 나드림의 가방을 들고 나드림의 집에 들러 가방을 내려놓은 후, 나드림이 건네는 카메라 장비를 받아 들고나왔다. 삼각대와 카메라를 양손에 들고 걷다 보니 서늘한 날씨인데도 이마에 땀이 났다. 눌러쓴 모자에 땀이 차서 이마가 간질거렸다. 옆에서 나드림은 콧노래를 흥얼거렸다. 좀 얄미웠다.

"너 박다현 선생님한테 꼭 말해. 내가 도와줘서 조별 발표 성공적으로 준비했다고 말이야."

그 말에 나드림이 흥얼거리던 노래를 멈추더니 눈을 가늘게 떴다. 뭔가 아는 척하고 싶을 때 나드림은 꼭 저런 표정을 짓는다.

"너 그거 알아? 박다현 선생님, 곧 결혼해."

"진짜? 네가 그걸 어떻게 알아?"

"첫째, 선생님 손에 안 보이던 반지가 생겼어. 둘째, 한 달째 점심시간에 식당에서 안 보여. 다이어트 하는 듯. 셋째, 우리 학교 기가 교과 일주일 동안 시간강사 구한다고 학교 홈페이지에 올라왔어. 예정된 일주일의 공백은 아마도 신혼여행이겠지?"

꿈이 감독이 아니라 탐정인가. 내 표정을 본 드림이 힘내라는 듯 내 어깨를 톡톡 두드렸다.

"놀라지 마. 내 취미가 이런 거 알아내는 거니까. 다큐멘터리의 시작은 관찰이거든. 근데 너 그 말 알아? 문이 닫히면 창문이 열린다는 말."

"갑자기 그건 무슨 말이야?"

"음. 하늘이 무너져도 솟아날 구멍이 있다는 말이지."

"그러니까 그 말을 왜 나한테 하는 건데?"

"너한테 새로운 사랑이 나타날 수도 있으니까 너무 충격 받지 말라고. 뭐, 네가 계속 그렇게 우중충하게 다니면 쉽지는 않겠지만."

사랑이라니. 나드림이 뭔가 단단히 오해하고 있는 것 같았다.

"나 박다현 선생님 좋아하는 거 아니거든!"

"그런데 수업 시간마다 그렇게 쳐다보고 있냐? 선생님 얼굴에 구멍 나는 줄. 걱정 마. 비밀로 해 줄게."

선생님 마음에 들기 위해 노력하는 이유가 사실은 박다현 선생님이 특목고 추천서를 잘 써 준다는 소문 때문이라고 말해야 하는데, 어쩐지 민망했다. 차라리 박다현 선생님을 좋아하고 있다는 게 더 그럴듯한 이유처럼 느껴졌다.

그런데 우중충하다니. 어딜 보고? 자기는 되게 상큼한

것처럼 말한다. 힐끗 나드림을 곁눈질했다. 밝은색 청바지에 스누피가 그려진 하얀색 운동화. 씩씩한 걸음걸이. 자신감 넘치는 말투와 표정을 보면 나보다 상큼하긴 하다. 슬그머니 검은색 모자를 벗어 가방에 넣었다. 그다음 앞머리를 살짝 옆으로 넘겼다. 시원한 바람이 이마를 간질이자 내 기분도 조금 상큼해졌다.

"지금부터가 다큐멘터리의 시작이야. 동화의 꿈을 찾아가는 길."

학원에 도착하기도 전에 나드림이 카메라를 꺼내 들고 촬영을 시작했다. 인물 못지않게 인물을 둘러싸고 있는 배경도 중요하다며. 나도 가만히 있기 멋쩍어 덩달아 핸드폰을 동영상 촬영 모드로 전환해서 함께 촬영을 시작했.

학원 건물 앞에 다다를 때쯤 멀리 미소와 동화가 마주 보고 서 있는 게 보였다. 무슨 말을 하는지 들리지는 않지만, 미소가 단단히 팔짱을 낀 채로 동화를 몰아붙이는 듯했다. 분위기가 심상치 않았다.

"쟤네 싸우는 거 같은데?"

"잠깐만. 가지 말고 좀 지켜보자."

우리는 걸음을 멈추고 카메라를 켠 상태로 둘의 모습을

지켜봤다.

 미소와 이야기를 나누던 동화가 고개를 흔들며 뒷걸음질 친다. 미소가 들고 있던 종이를 동화의 눈앞에 흔들더니 갑자기 마구 찢어 내던진다. 동화는 혼자 학원 안으로 쑥 들어가 버리고, 미소는 "악!" 하고 소리를 지르더니 바닥에 주저앉는다. 그러다 멀리서 다가오는 하리를 보고 찢어진 종잇조각들을 다시 가방에 쑤셔 넣고 아무렇지 않은 척 손을 흔드는 것까지.

 나드림이 이마에 잔뜩 주름을 만들며 중얼거렸다.

 "미소가 동화 때문에 화가 난 거 같은데. 왜 그럴까?"

 "아까 미소가 편들어 줬는데 동화가 민망하게 했잖아. 그 거 때문이겠지."

 "노노. 유미소가 그런 걸로 화낼 스타일은 아니야. 분명히 뭔가 다른 게 있어."

 "앞에서는 웃으면서 뒤에서는 욕하고 화낼 수도 있지. 믿는 도끼에 발등 찍힌다는 말도 있잖아. 넌 다 아는 척하면서 그것도 모르냐."

 게슴츠레 치뜬 눈으로 나드림이 나를 쳐다봤다. 마음속까지 들여다볼 것 같은 시선이 부담스러워 먼저 앞장서 걸었다.

빌딩 3층이 댄스 학원이었다. 동화가 유리로 된 문을 열고 나와 우리를 향해 손짓했다. 미소도 뒤따라 나왔다. 둘은 아무 일 없었다는 듯 자연스럽게 행동하고 있었다. 싸운 이유를 물어봐야 말해줄 것 같지도 않았다.

"다니기 시작한 지 진짜 얼마 안 됐어. 너무 기대하지 마."

동화가 우리를 유리문 안쪽으로 안내하며 말했다. 학원 벽면에는 수강생들로 보이는 학생들의 프로필 사진들이 걸려 있었다. 댄스 경연 대회 사진과 요즘 티브이에 자주 나오는 아이돌 사진도 보였다. 국제 댄스 대회 입상이라든지 유튜브 채널 출연, 인터뷰 기사 같은 것들도 어마어마했다. 연습실 앞에 원장님이 기다리고 있었다.

"장소 협찬해 주셔서 감사합니다. 깨끗하게 사용할게요!"

"어머, 예의 바른 아이들이구나. 나중에 영상 꼭 공유해 줘야 해. 알았지? 그런데 너무 예쁘게 생긴 친구가 있네. 당장 아이돌 해도 되겠다. 너 정도면 춤이나 노래가 좀 부족해도 괜찮아. 브이도 이 학원 출신인 거 알지?"

원장님의 시선이 나와 마주쳤다. 나도 모르게 얼굴이 딱딱하게 굳었다. 예쁘게 생겼다는 말을 들을 때마다 불편하다. 하얀 피부와 유독 작은 얼굴, 가는 뼈대. 엄마도 아빠도 아니고, 할아버지와 증조할아버지에게도 찾을 수 없는 외모. 할 수만 있다면 유전자를 반납하고 싶은 내 마음을 누가 알까. 이렇게 불쑥 쳐들어오는 불쾌감과 정면으로 마주하는 날이면 속이 울렁거린다. 그냥 모자를 벗지 말걸. 못 들은 척 학원을 나가 버리고 싶은 생각이 들어 주먹을 꽉 쥐었다. 단단한 손톱이 손바닥을 누르는 아픔에 집중하려고 애썼다.

그때 나드림이 어깨에도 닿지 않는 머리카락을 뒤로 넘기는 척하며 나섰다.

"지금 저한테 말씀하신 거죠? 너무 예쁘다는 말."

이어서 당황한 표정의 원장님 앞으로 바짝 다가서더니 비밀 이야기를 하듯 속삭였다.

"그런데 아무리 예뻐도 그런 말은 주의해 주세요, 원장님. 저보다 안 예쁜 수많은 애들이 들으면 얼마나 속상하겠어요? 그리고 죄송하지만 전 아이돌 관심 없어요. 제 꿈은 다큐멘터리 감독이거든요. 그럼 저희 바로 촬영할게요. 가자, 애들아."

등을 떠미는 나드림 손길에 우리는 원장님을 뒤로하고 연습실로 들어가 문을 닫았다. 혹시 도와준 건가. 내가 곤란해하는 것 같아서? 그렇다고 하기에는 너무 망설임 따위 없는 과한 멘트였는데.

"나드림. 진짜 예쁜 척 제대로다. 어떻게 그런 말을 아무렇지도 않게 하냐."

장난스러운 미소의 말에 나드림이 어설프게 제자리에서 한 바퀴 빙그르르 돌았다.

"예쁜 척이 아니라 진짜 예쁜 건데. 나 몰라? 나, 나드림이야."

일부러 그런 건지 원래 나대는 스타일이라 그런 건지 확인할 수는 없었지만, 어쨌든 나드림의 어이없는 자신감 덕분에 날카롭게 곤두섰던 마음이 조금은 편해졌다.

동화의 도움으로 우리는 어색함 없이 분주하게 촬영 준비를 이어 갔다. 나와 미소는 연습실 한쪽에 삼각대를 놓고 카메라를 설치하고, 드림이는 손에 든 핸드폰으로 연습실 여기저기를 촬영하기 시작했다. 하리는 가방에서 금색 마이크와 이상한 머리띠를 꺼내 늘어놨다. 누군가 리포터 역할을 해 달라는 나드림 부탁에 하리는 망설임 없이 단숨에 자기가 하겠다고 손을 들었다. 리포터는 가장 눈에 띄는 역할이다. 선생님 눈에도 띄겠지. 공부 잘하는 장하리도 특목고가 목표일 게 분명하다는 생각에 신경이 쓰였다. 그렇다고 내가 리포터를 할 생각은 없다.

"동화야, 우리 신경 쓰지 말고 편하게 해."

"내가 물어보는 말에 대답 잘하고. 알았지? 미소야, 내 핸드폰으로 동영상 좀 찍어 줘. 나중에 모니터링 하게."

드림이와 하리가 인터뷰를 준비하는 동안 나는 뒤로 물러나 연습실 바닥에 앉았다. 미소가 장하리의 핸드폰을 동영상 촬영 모드로 전환한 뒤 내 옆에 자연스럽게 앉았다. 누군가와 이렇게 가까이 앉아 있었던 적은 오랜만이다.

"나 이거 진짜 해 보고 싶었어. 다들 준비됐지? 시작한다. 레디, 액션!"

드림이가 손바닥을 아래, 위로 힘차게 마주치며 소리쳤다. 심장이 쿵 하고 세게 뛰었다. 동시에 '사랑해요' 글자가 쓰여 있는 머리띠를 쓴 장하리가 마이크를 들고 어깨를 들썩이는 과장된 몸짓으로 동화 옆으로 다가갔다. 보고만 있어도 닭살이 돋을 정도로 부끄러운 몸짓이었다.

"지금부터 이동화의 인터뷰를 시작합니다!"

미소가 두 손을 입가에 대고 '꺄아' 소리 지르며 하리에게 호응해 줬다.

"저는 지금 댄스 학원 연습실에 나와 있습니다. 요즘 이동화 군은 매일 이 학원에서 춤 연습을 하고 있다는데요, 미래의 어떤 길을 찾기 위해 댄스 학원에 다니는 건지 궁금합니다. 이동화 학생의 꿈은 혹시 댄스 가수인가요?"

미소가 동화의 대답 타이밍에 맞추어 얼른 음악을 틀었다. 브이의 감미로운 목소리가 배경으로 깔리자 분위기가 훨씬 부드러워졌다.

"꿈은 아직 없어요. 댄스 학원을 다니기는 하지만 꿈이 가수는 아니에요."

동화가 나를 슬쩍 쳐다보며 옅은 한숨을 내쉬었다.

"정말로요? 그럼 댄스 학원은 왜 다니는 건가요?"

"저도 잘하는 게 있으면 좋겠다는 생각이 들어서요. 어릴 때부터 춤을 따라 추는 걸 좋아하기도 했고요. 그리고 저 되게 유연해요. 춤출 때 유연함이 중요하거든요."

동화가 갑자기 다리를 위로 쭉 뻗어 올렸다. 발끝이 턱까지 올라가는 모습에 감탄이 나왔다. 나도 슬쩍 발을 앞으로 쭉 뻗어 스트레칭을 해 보았는데, 허벅지가 당기는 아픔에 저절로 눈물이 찔끔 났다.

"그렇다면 다르게 질문해 보겠습니다. 자신의 장점인 유연함을 살려 춤을 배우기 시작했다고 하셨는데요. 춤을 배운 이후로 달라진 점이 있나요?"

"안 되던 동작을 연습해서 해내면 뿌듯하고 자신감이 생겨요. 뭔가를 이렇게 열심히 한 적이 처음이라 그런 제가 좋아요. 배우기를 잘한 거 같아요."

손가락을 꼼지락거리며 망설이던 동화가 카메라를 바라보며 또박또박 말을 이었다.

"내가 원하는 미래의 내 모습이 있다면 바꿀 사람은 현재의 나밖에 없잖아요. 미래의 이동화는 조금 더 자신감 있고 멋있었으면 좋겠어요. 포기하지 않고 춤을 열심히 배우면 제 모습이 그렇게 바뀔 거라고 믿어요."

예상보다 진지하고 솔직한 대답에 순간 당황하고 말았다. 선생님이 나의 길에 대해 생각해 보라고 했을 때 내 머릿속에 떠올랐던 건 단 하나였다. 좋은 학교에 가서 엄마, 아빠의 꿈이 실패하지 않았다는 것을 보여 주는 것. 미국에서 도망친 걸 후회로 남지 않게 하는 것. 그런데 나는 미래의 어떤 강루이가 되고 싶지? 생각해 본 적이 없어 멍해졌다. 꿈과 상관없이 좋아하니까 춤을 배우고 있다고 말하는 동화는 좀 상기된 표정이었다. 평소와 달리 목소리에 힘이 들어가고 눈빛은 반짝거렸다.

"혹시 댄스를 배우면서 목표로 삼고 있는 롤모델이 있나요? 그 이유도 함께 말해 주세요."

"브이요. 곡을 발표할 때마다 자신의 한계를 뛰어넘는 것처럼 보여요. 자기주장이 분명해서 안티들도 많지만, 그런 안티들도 무시하지 못하게 실력으로 보여 주는 브이가 좋아요."

"한계를 뛰어넘는다는 말이 정말 멋진데요. 좋아하는 춤을 배우다 보면 자신의 능력을 발견하게 될 수도 있고, 새로운 길로 연결될 수도 있다는 생각이 듭니다. 그럼 이쯤에서 혹시 생길지도 모르는 미래의 팬들을 향해 귀여운 포즈 한번 부탁드려요. 자, 저를 따라 해 보세요. 요렇게."

동화가 하리를 따라 엉거주춤 볼 옆에 하트 모양을 그리며 어색하게 웃었다. 원래의 이동화 모습으로 돌아왔다.

"하트는 좀 아닌 거 같은데."

나는 은근히 미소가 동의해 주길 바라며 툭 말을 내뱉

었다.

"왜, 귀엽기만 한데. 하리, 말 진짜 잘한다. 역시 올 백 킬러는 달라. 동화도 생각보다 긴장 안 하는 거 같지? 어휴, 괜히 나만 긴장한 듯."

미소는 흐뭇한 표정으로 눈도 돌리지 않고 둘을 보고 있었다. 귀엽다니. 도대체 어디가? 그사이 하리와 동화는 볼 하트, 손가락 하트, 거꾸로 하트까지 온갖 하트를 만들며 호들갑을 떨었다. 능청스러운 하리와 어설픈 동화의 모습에 한숨 반, 웃음 반이 섞여 나왔다.

본격적으로 동화의 댄스 연습 장면을 영상에 담기 위해 연습실이 소란스러워졌다. 동화는 헐렁한 옷이 없다고, 동작이 크지 않아도 이해해 달라고 했다.

"너 오늘 촬영 때문에 새로 샀다고 하지 않았어? 파란색으로 깔 맞춤 했다며."

나드림의 물음에 동화는 잃어버린 것 같다고 말끝을 흐렸다. 그리고는 몸을 풀기 시작했다. 음악 재생 버튼을 누르자 쿵, 쿵, 연습실이 울렸다. 순식간에 연습실의 공기가 달라지고, 다른 세상으로 빨려 들어가는 듯 기분 좋은 긴장감이 흘렀다.

노래는 요즘 동화가 연습 중이라는 브이의 데뷔곡이었다. 빠른 곡이라 짧게 끊어지는 동작들의 느낌을 살려서 춰야 하는 고난이도 춤이라고 옆에서 하리 핸드폰으로 동영상을 찍던 미소가 속삭였다. 브이가 처음 데뷔했을 때, 춤은 잘 추지만 노래를 못한다는 악플에 시달렸다고 한다. 그 뒤로 브이는 끊임없는 노력으로 자신만의 독특한 음색과 창법을 만들어 냈고, 앨범을 발표할 때마다 놀라울 정도로 점점 노래 실력이 좋아졌으며, 최근에는 직접 작곡한 노래를 발표하며 순식간에 고막 남친으로 등극했다고. 미소는 브이의 노래와 역사에 대해 상세하게 떠들었다. 내가 듣든 말든 중요하지 않아 보였다.

그사이 동화는 머뭇거림 없이 비트에 몸을 실었다. 모두가 정지된 것처럼 집중해서 동화의 댄스를 감상했다. 한 동작도 틀리지 않고 따라가는 걸 보니 연습량이 어마어마하다는 게 느껴졌다. 솔직히 잘 춘다는 생각은 안 들었다. 박자가 어긋나기도 하고 꽤 힘겨워 보이는 동작도 있었다. 하지만 춤을 추는 내내 동화의 표정은 진지했다.

노래가 거의 끝날 때쯤에는 동화의 얼굴에서 바닥으로 땀이 떨어지기 시작했다. 그때였다. 동화가 마지막 엔딩 포즈를 취하려다 다리가 꺾이며 붕 날았다가 순식간에 바닥으로 쿵 떨어졌다.

사건의 시작

"동화야, 괜찮아?"

동화가 미소의 팔을 뿌리쳤다. 미소가 당황한 듯 뒤로 물러서는 사이, 하리가 동화의 어깨를 부축해 일으켰다.

"어디 뼈 부러진 곳 있나 봐 봐. 나드림에 이어서 너까지 다치면 이건 우연이 아니라 1조를 향한 우주의 신호일지도. 무언가 엄청난 일이 닥칠 거라는 징조 같은 거지."

"난 괜찮아. 물 좀 마시고 올게."

동화는 수건으로 얼굴의 땀을 닦아 내며 서둘러 연습실을 나갔다. 우리도 바닥을 닦고 촬영 장비를 정리한 후 함께 학원 밖으로 나왔다.

"동화야, 넘어진 건 신경 쓰지 마. 오늘 인터뷰 영상 정말 좋았어. 나랑 미소가 열심히 편집해 볼게. 내일 만나자!"

나드림은 도와달라는 말도 잊은 듯 카메라와 삼각대를 어설프게 끌어안고 제일 먼저 앞서서 뛰어가 버렸다. 장하리와 유미소도 어느새 둘이 함께 사라졌다. 어색하게 동화와 둘만 남았다. 동화와 나는 같은 방향으로 걷기 시작했다.

누가 먼저 말하나 시합이라도 하듯 우리는 입을 꾹 다물고 걸었다. 그런데 동화가 자꾸 손목을 돌렸다. 손목이 아픈 게 분명했다. 아까는 괜찮다고 하더니. 어색한 공기를 깨고 결국 내가 먼저 말을 걸었다.

"병원 가 봐야 하는 거 아냐?"

동화가 싱긋 웃으며 고개를 저었다.

"괜찮아. 별로 안 아파."

"나도 옛날에 아픈데 참고 말 안 했다가 심각해진 적 있었어. 급성폐렴이었거든."

"아, 폐렴. 힘들었겠다."

동화가 양쪽 눈썹을 찡그렸다. 미국 가기 전에 있었던 일인데도 생생하게 기억난다. 너무 아픈데도 안 아프다고 했다. 아빠, 엄마가 씩씩하다고 칭찬해 주는 게 좋았으니까.

결국 병원에 입원하는 바람에 씩씩한 게 아니라 미련한 애가 되어 버리긴 했지만.

"집에 가서 찜질하면 돼."

"아까 춤출 때 보니까 손목 쓰는 동작 많던데."

춤 이야기가 나오니 동화의 목소리가 높아졌다.

"어, 맞아. 브이 춤이 유독 손목 쓰는 팝핀이 많이 들어가. 팝핀을 잘하려면 유연하기도 해야 하지만 근력도 있어야 하거든. 근육이 있으면 동작이 더 절도 있어 보여서 유리해. 비보잉도 배워 보고 싶은데, 원장님이 다친다고 살 빼고 시작하라고 해서 못 하고 있어."

"너, 그렇게 살이 많아 보이지는 않는데. 덩치가 큰 거지."

"댄스 가수 중에 나처럼 뚱뚱한 사람은 없잖아."

"그럼 네가 하면 되겠네. 아까 브이가 자신의 한계를 뛰어넘어서 좋다며."

동화가 멈칫하더니 나를 보며 환하게 웃었다.

"사실 난 아까 내가 무슨 말을 했는지 기억도 잘 안 나. 들으니까 쑥스럽네. 고마워."

그냥 생각나는 대로 말한 것뿐인데 고맙다는 말까지 들

으니 나까지 쑥스러워졌다. 그러고 보니 오늘따라 말을 많이 했다는 생각이 들었다. 나답지 않게. 아니, 한국에 돌아오며 결심한 내 모습답지 않게. 다시 조개처럼 입을 꾹 닫고 동화와 조금 떨어져 천천히 걸었다.

횡단보도 신호를 기다리는데 길 건너편 편의점 앞에 서 있는 차현우가 보였다. 옆에는 차현우의 절친인 우리 반 세화도 있었다. 차현우가 가방에서 무언가를 꺼내 들었다. 파란색 옷 뭉치였다. 동화의 얼굴이 순식간에 굳었다. 순간 어떤 의심이 머리를 스쳤다.

차현우가 바닥에 옷을 내던지고는 발로 걷어차며 목소리를 곤두세웠다.

"그럼 네가 돌려주든가!"

차현우가 그냥 돌아서 가 버리자, 세화가 결국 그 옷 뭉치를 자기 가방에 쑤셔 넣고 차현우를 향해 뛰어갔다.

"저거 혹시 너 잃어버렸다던 운동복 아니야?"

"색깔은 비슷한 거 같아."

"좀 알아봐야 하지 않아?"

"괜찮아. 확실하지도 않고…… 다시 사면 돼."

동화는 인터뷰에서 자신감 있는 멋있는 사람이 되고 싶

다고 했다. 동화의 그 말에 잠깐이지만 가슴이 쿵 울렸었다. 자기가 그렇게 말해 놓고 무책임하게 도망치는 모습에 이상하게 화가 치밀었다. 동화의 모습에 자꾸만 내 모습이 겹쳐 보였다. 그 녀석 앞에서 괜찮다고 그저 고개를 주억거리며 주먹만 꾹 쥐었던 내 모습이. 둑이라도 터진 것처럼 말이 함부로 흘러나왔다.

"또 괜찮다고? 너 괜찮다고 안 하면 죽는 병 있냐? 이건 누가 봐도 화나는 상황이야."

"어? 아니…… 확실한 것도 아니고…… 그리고 나 화내는 거 잘 못 해."

"화내는 거 좋아하는 사람이 어디 있어? 괜찮다고 하면 뭐 마음이 넓고 멋있어 보일 줄 알아? 그러니까 다 너를 만만하게 보는 거야."

날카로운 내 말에 동화의 표정이 굳어졌다.

"네가…… 뭘 안다고 그렇게 말해?"

"너 찌질하게 구는 게 짜증나서 그런다! 옆에서 보기만 해도 질리는데 말 안 해 주는 다른 애들이 더 이상한 거 아냐?"

"그러면 너도 그냥 상관하지 마."

동화가 거칠게 나를 밀치며 가 버렸다.

하. 화 못 낸다더니 나한테는 화내는 게 더 어이가 없다.

누군가를 안다는 건, 이런 거다. 간섭하게 되고 판단하게 된다. 그래서 누군가를 잘 알게 되는 게 싫다. 나에 대해 안다고 떠들어 대는 것도 싫고. '네가 그럴 줄은 몰랐어. 어떻게 그럴 수 있어?'라는 말도 다시는 하고 싶지 않다. 내 속에 있는 걸 조금도 들키고 싶지 않다.

그랬으면서 난 동화에 대해 다 아는 것처럼 굴었다.

나야말로 구리다.

찌질하다.

집에 도착하자마자 책상 앞에 앉았다. 인터뷰 촬영이 생각보다 길어져 시간을 많이 뺏겨 버렸다. 오늘 해야 할 숙제는 지금부터 해도 못 할 게 뻔하다. 오늘 밤도 제대로 잠자긴 틀렸다는 생각에 한숨이 나왔다.

"아빠 왔다아."

집중력이 흐려지는 참에 반가운 아빠의 목소리가 들렸

다. 신발을 휙휙 벗는 아빠의 양손에 들린 비닐봉지를 받아 드니 흙이 바닥에 후두둑 떨어졌다. 비닐봉지 안에는 빨갛고 울퉁불퉁한 채소가 들어 있었다.

"이상하게 생겼어. 이거 뭐야?"

핸드폰으로 사진을 찍어 검색하니 콜라비라는 이름이 떴다. 철분과 비타민의 함유량이 높고, 다이어트와 변비 개선에 탁월하다는 다양한 정보가 줄줄 나왔다. 엄마가 나와 보더니 아빠에게 물었다.

"콜라비네. 당신 다이어트 하려고? 저녁 안 하고 기다리고 있었는데. 맛있는 건 없어?"

"그게 얼마나 맛있는 건데. 직접 농사지은 거라 맛이 기가 막힐걸."

아빠는 큰 손으로 내 머리를 쓱 한번 쓸어 주고는 곧장 욕실로 직행했다.

아빠는 대학과 대학원에서 물리치료학을 전공했다. 큰 병원 물리치료사로 일했고, 사설 스포츠 마사지 학회에서 엄마를 만나 뜨겁게 사랑했다. 물리치료사와 보디빌더의 결혼은 주변의 환호를 불러왔다. 근육을 만드는 여자와 근육을 치료하는 남자. 결혼사진도 누구 보여 주기 무서울 정도로 파격적이다. 까만 비키니 수영복을 입고 아빠의 어깨에 올라탄 엄마는 면사포를 쓰고 있는데, 뽀빠이처럼 잔뜩 힘을 준 양팔은 근육이 무섭게 돋아나 있다. 그런 엄마를 보고 있는 아빠의 눈에서는 사진으로만 봐도 하트가 뿅뿅 나온다.

아빠는 미국 물리치료사 자격증을 따기 위해 부족한 학점을 취득하고, 잠꼬대도 영어로 할 정도로 영어 공부를 했다. 그렇게 2년 만에 당당하게 미국 뉴욕주 물리치료사 자격시험에 합격했다. 미국은 한국과 다르게 물리치료사가 굉장히 인정받는 직업이라고 했다. 게다가 아빠의 손은 타고난 곰손이라 크고 두툼하고 힘이 아주 좋아서 외국인들의 근육도 거뜬히 치료할 수 있었다고. 엄마와 아빠는 미국에서 통증 치료 센터를 오픈하는 게 꿈이었다.

아빠를 볼 때마다 생각한다. 나도 아빠를 닮았으면 좋았을걸. 곰같이 커다랗고 콜라비처럼 울퉁불퉁하고 누구보다 강인한 아빠를. 강력한 프랑스 왕의 이름을 따서 지었다는 루이라는 이름은 나보다 아빠한테 더 잘 어울리는 이름이다.

"대학병원 취업 자리 좀 알아보라고 했더니. 잘 안 됐나

보네."

엄마는 중얼거리며 늦은 저녁 준비를 하러 주방에 들어갔다. 쪼로록 냄비에 물 받는 소리와 함께 쏴아 샤워기에 물이 쏟아지는 소리가 한참이나 들렸다. 몸에 힘이 빠졌다. 엄마 말대로 미국에 계속 있었으면 아빠의 꿈을 이뤘을 텐데. 내가 아빠의 꿈을 무너트린 건 아닐까 생각하니 심장이 아팠다.

끊임없이 이어지던 물소리가 멈췄다.

"어우, 시원하다."

머리를 털며 나오는 아빠를 가만히 쳐다봤다. 아빠에게 물어보고 싶었다.

'아빠 혹시 후회하지 않아? 나 때문에 한국으로 돌아온 거. 아빠의 꿈을 포기한 거.'

하지만 그 말은 내 입가에서 맴돌다 깊은 곳으로 사라져 버렸다. 방으로 들어가 문제집을 펼쳤다. 지금 내가 할 수 있는 일은 이게 전부다.

열 시가 넘어가자, 학원에 다녀온 아이들이 단톡방에 모여 떠들기 시작했다. 오늘은 특별히 쓸데없는 수다보다는 조별 과제 이야기가 많이 오갔다. 5조 아이들이 우리에게 설문조사를 한다고 링크를 걸었고, 나는 침대에 누워서 링크에 접속해 답변을 작성하기 시작했다.

5조가 만든 인공지능 챗봇 로봇이 다양한 질문을 했다. 내가 대답하면 다음 질문이 연결되는 단순한 알고리즘이었다. 5조 아이들은 우리들의 대답을 분석하여 꿈에 대한 알고리즘을 만들겠다는 당찬 계획을 떠들었다.

> 안녕하세요, 강루이 님.
> 당신의 꿈은 무엇인가요?

> 특목고에 입학해서 SKY 가기.

> 멋진 꿈이네요. 우리나라의
> 특목고 정보를 보내드리겠습니다.

나도 이미 알고 있는 정보가 줄줄이 채팅창에 쏟아졌다. 대충 알겠다고 두드리자 다음 질문이 이어졌다.

> 그 꿈을 이루기 위해
> 노력하고 있는 것이 있나요?

> 고등수학 미친 듯이 선행 중.

> 훌륭하네요. 그렇게 노력한다면 당신의 꿈이 꼭 이루어질 거예요.

답변을 보니 웃음이 나왔다. 이런 뻔한 대답은 로봇이 아니더라도 이미 질리도록 들었다.

그런데 꿈이라면 적어도 그 꿈을 이룰 미래가 기대되어야 하는 거 아닌가? 내가 써 놓은 답을 보아도 가슴이 뛰거나 멋져 보이지 않았다.

지금처럼 지내면 미래의 나는 행복할까? 나 자신에게 물어봤다. 그 질문에 대한 답은, 모르겠다. 하지만 지금은 그런 생각할 시간조차 없다. 아니, 생각하면 안 된다. 그 악몽은 꽁꽁 묶어 깊숙한 곳에 묻어야 한다. 그다음 단단한 껍질로 덮어 버리면 된다.

> 강루이, 이거 아까 내가 찍은 거야. 네 모습만 편집한 거.

웃는 곰돌이 이모티콘과 함께 영상 하나가 도착했다. 나드림의 카메라 속에 잡힌 내 모습은 낯설었다. 편하게 웃고 있는 미소와 다르게 긴장한 표정이었다. 그다음 동화의 인터뷰 내용을 듣는 나는 입을 벌리고 있었다.

> 뭐야, 동화 인터뷰인데 나는 왜 찍었어.

> 실시간 반응 영상이 필요해서. 그런데 너 되게 재미있어. 무슨 생각하는지 다 알 것 같아. 너 동화 인터뷰에 감동받았지?

> 아니거든.

> 영상은 거짓말 안 해. 특히 다큐멘터리는. 그래서 나는 다큐멘터리가 좋아.

> 알겠고. 내 영상은 편집해 줘.

내 말에 나드림이 우는 곰돌이 이모티콘을 보냈지만, 답장하지 않았다. 대신 영상을 몇 번 더 돌려봤다. 이런 게 다큐멘터리인가. 나도 모르는 내 모습을 발견하게 되는 거. 나드림은 내 모습을 잘라 버리겠지만 진짜 내 모습은 영상을 편집해도 사라지지 않겠지.

동화의 춤을 보며 입을 벌리고 있던 내 모습.

동화의 말에 나도 모르게 가슴이 뛴 내 모습.

동화의 다른 모습을 발견하고 조금 감탄한 내 모습.

인정!

픽 웃음이 나왔다.

그때 영상이 또 하나 도착했다.

이번에는 장하리였다.

> 아까 미소가 찍어 준 동화 댄스 영상 공유. 편집할 줄 몰라서 그냥 다 보내. 다른 각도에서 찍은 거니까 필요한 장면 있으면 써.

이상했다. 영상 옆의 숫자가 5가 아니라 20이 넘었다. 숫자가 빠르게 줄어들었다.

> 이거 뭐야. 동화임?
> 동화의 탈을 쓴 브이임?

> 동화야, 근데 너 배가⋯⋯ ㅋㅋㅋ

> 완전 열심히 추네. 파이팅

> 오, 표정은 거의 아이돌이야.
> 근데 38초에 동화 얼굴 개웃김.

> 바닥은 괜찮은 거지?
> 부서진 거 아니야?ㅠㅠ

조별 단톡방이 아니었다. 영상이 반 전체 단톡방에 공유된 거였다. 아직 완성되지도 않은 우리 조 발표 영상인데 미리 스포를 하다니. 장하리도 당황했는지 바로 영상을 지운 것 같았지만 애들의 손가락이 한발 빨랐다.

> 미안. 실수. 보지 마. 완성본 아니야!

> 어차피 발표 시간에 다 보여 줄 건데 뭘.

> 저장해 뒀지. 다시 공유.

반응은 폭발적이었다. 청바지와 짧은 티셔츠를 입고 춤을 추는 동화의 몸매는 미소가 아래쪽에서 찍어서 그런지

배가 더 부각되어 보였다. 게다가 마지막에 동화가 넘어지는 영상이 찍혀 있어서 웃음을 유발했다. 영상 속에서 동화의 아픔은 가볍게 느껴졌다. 인터뷰 영상이 같이 있었으면 좋았을 텐데. 동화가 어떤 마음으로 춤을 배우고 있는지 알면 저렇게 웃지 못할 텐데. 몇 번이나 대화창에 글을 올릴까 고민하다 관뒀다. 지난번처럼 급발진이니 뭐니, 비아냥을 받고 싶지 않았다.

 물론 하리가 단톡방에 영상을 잘못 올린 건 가벼운 실수였다. 그저 해프닝으로 넘어가고 내일이면 잊힐 작은 실수. 누군가가 이 실수를 범죄로 만들지만 않았다면 말이다.

범인을 잡아야 하는 이유

정확히 30분 뒤 그 영상이 올라왔다.

야, 이거 봐. 인스타에 떴음.

반 단톡방에 누군가 인스타 계정을 공유했다. 그 영상을 클릭하는 순간 온몸에 소름이 돋았다. 사진 속 영상은 동화의 영상이었다. 아니, 동화지만 동화가 아니다. 춤을 추고 있는 동화의 몸에 얼굴만 브이의 얼굴을 입혔다. 마치 브이의 가면을 쓴 동화가 춤을 추는 것 같았다.

> 대박. 동화 대스타 될 듯. ㅋㅋㅋㅋ

> 아, 진짜 춤이 아깝다. 스웸 장난 아님.

> 그런데 이거 누구 계정임?

> 몰라. 모르는 계정임.

> 동화 허락 받았어?

> 괜찮아, 동화야. 원래 영상보다 훨 멋있어.

> 동화 살 빼면 브이보다 더 잘생길 듯.

아이들은 영상이 멋지다고, 동화의 춤이 더 살아나 보인다고, 동화가 좋아할 거라고 떠들었다. 브이 말고 다른 배우 얼굴을 입혀서 시리즈로 영상을 제작해서 올리라는 아이들도 있었다.

우리 조 단톡방에 얼른 들어갔다. 나와 같은 생각을 했는지 하리가 연달아 메시지를 올렸다.

> 동화야, 미안해. 내가 영상을 잘못
> 보내서. ㅜㅜ 누가 장난한 것 같아. ㅜㅜ

> 동화야, 너 왜 전화 안 받아?
> 연습 중이야?

한참 만에 동화에게서 답이 왔다.

> 괜찮아. 네가 일부러 그런 것도
> 아니잖아. 나 다시 연습해야 해.
> 내일 학교에서 만나. ^^

> 진짜 괜찮은 거지? 다행이다.

> 그래. 잘생긴 브이니까. ㅎㅎ

> 연습 열심히 해. 화이팅!

 잘생긴 아이돌 얼굴과 합성한 영상이니 아이들은 별일 아니라고 생각하는 듯했다. 하지만 그 이후로 동화는 계속 대답이 없었다.
 침대에 누워 천장을 바라봤다. 텅 빈 벽에 브이 얼굴을 한 동화의 모습이 보였다. 눈을 감자 괜찮다며 어색하게 웃던 진짜 동화 얼굴이 떠올랐다. 내 말에 상처 입은 듯한 동화의 눈빛도.

내가 아닌 나의 모습을 봤을 때의 그 낯선 기분을 안다. 괜찮지 않지만 괜찮다고 말해야 하는 상황에서 바위가 몸을 짓누르는 것 같은 답답함을 안다. 그때 하지 못한 그 말들은 여전히 내 머릿속에 떠다닌다. 그때 내뱉지 못했던 말들은 괴물이 되어 머릿속에 달라붙었고, 점차 몸집을 키워갔다. 그 괴물이 나를 한국으로 도망치게 했다. 동화는 혹시 그때의 내 기분과 조금은 비슷할까? 그렇다면 괜찮다는 말은 거짓말이다.

참지 못하고 동화의 영상을 올린 계정에 메시지를 보냈다. 합성 영상 뒤에 교묘하게 숨었지만 나는 안다. 영상 뒤에는 영상을 만든 사람이 있다. 잘못은 영상이 아니라, 그 영상을 만든 사람이다.

> 누군지 찾아내서 신고하기 전에 당장 영상 지우고 사과하세요.

계정 주인에게 답장은 오지 않았지만, 그 영상은 하루 만에 지워졌고 동화의 일은 언제 그런 일이 있었냐는 듯 다른 대화들에 밀려 사라져 버렸다. 그렇게 잠잠하게 주말이 지나갔다. 아무 일도 일어나지 않았던 것처럼.

학교가 끝난 뒤, 조별 과제를 위한 유미소의 인터뷰 촬영이 이어졌다.

장하리는 제법 리포터답게 마이크를 단단히 쥐어 줬다. 황금색 마이크를 쥐고 '사랑해요' 머리띠를 쓰고 있는 얼굴에는 9시 뉴스 아나운서가 된 듯한 비장함이 감돌았다. 나는 드림이의 카메라 뷰파인더에 잡힌 미소의 얼굴을 들여다봤다. 그때 동화가 내 옆에 가까이 다가와 카메라 쪽을 흘긋거렸다. 괜찮냐고 묻고 싶었지만 관뒀다. 그날 어색하게 헤어진 터라 쉽게 입이 떨어지지 않았다. 그리고 보나 마나 괜찮다고 할 게 분명하니까.

다시 화면으로 눈을 돌리자 미소의 환한 얼굴이 한가득 들어왔다.

"레디, 액션!"

"안녕하세요. 리포터 장하리입니다. 이번 인터뷰는 세계 최고의 요리사를 꿈꾸는 유미소 학생을 만나 보겠습니다. 먼저 유미소 학생의 꿈이 요리사인 이유가 궁금합니다."

"맛있는 음식을 먹으면 기분이 좋아요. 아무리 오래 기다려도 맛있는 음식을 먹으면 기다린 게 하나도 아깝지 않아요. 김밥 먹으려고 세 시간 넘게 기다려 본 적도 있어요. 세상에 맛있는 음식이 너무 많아서 맛집을 찾아다니는 것보다 제가 맛있는 음식을 만드는 게 더 가성비가 있을 것 같아 요리사가 꿈이 되었습니다."

생각하지도 못한 이유에 어색한 분위기를 깨고 슬며시 웃음이 터져 나왔다.

"그럼 미래의 셰프 님이 가장 좋아하는 음식은 무엇인가요? 김밥? 떡볶이?"

"저는 모든 맛있는 음식을 사랑해요. 그래도 하나만 얘기하자면, 할머니가 담가 주신 묵은지로 엄마가 끓여 주는 돼지고기 듬뿍 김치찜이요! 거기에 계란말이는 필수 옵션이고요. 저는 제가 사랑하는 한식들이 사라지지 않고 계속 이어질 수 있도록 다리 역할을 하는 한식 전문 요리사가 되고 싶습니다."

"그렇다면 혹시 유미소 학생만의 특별한 레시피가 있나요?"

"물론이죠. 우리나라의 전통 발효 음식인 청국장과 세계인이 좋아하는 스파게티를 접목한 음식을 개발했습니다."

"정말 기발한데요. 맛도 궁금해요. 어떤 맛인가요?"

"청국장 특유의 향은 줄이고 대신 크림소스를 첨가하여 부드러운 맛을 높였습니다. 청국장이 크림의 느끼함을 잡아 주고 건강에도 아주 좋죠!"

"혹시 그 요리 이름이 있나요?"

"네. '청국장 이불을 덮은 스파게티'입니다."

"세계적인 요리사가 될 유미소 학생의 첫 번째 개발 음식 '청국장 이불을 덮은 스파게티!' 그 음식이 세계로 뻗어나가는 날이 빨리 오기를 바라며, 리포터 장하리였습니다."

만족스러운 표정과 함께 나드림이 컷을 외쳤다. 미소와 하리는 보는 사람도 편하고 즐겁게 인터뷰를 이어 갔다. 요리 장면은 내일까지 미소가 집에서 셀프 촬영을 해 온다고 했다. 청국장 스파게티를 시식하지 않아도 돼서 다행이라는 나드림의 말에 동화도 그제야 눈이 보이지 않게 따라 웃었다. 하지만 어쩐지 선반 위에 아슬아슬하게 놓인, 깨지기 쉬운 유리잔처럼 보였다.

그때 멀리서 먹구름이 구릉구릉 울렸다.

앞서 핸드폰을 하며 걸어가던 나드림이 발걸음을 멈추더니 우리를 향해 돌아섰다. 그러고는 굳은 표정으로 핸드폰을 내밀었다.

"왜?"

"뭔데?"

나드림의 핸드폰 화면 안으로 다 함께 고개를 묻었다. 잠시 뒤, 고개를 들었을 때는 모두의 시선이 동화를 향했다.

"동화야. 너 괜찮아?"

"먼저 갈게."

동화는 뒤도 돌아보지 않고 빠르게 걸어 사라졌다.

"어떤 자식이야. 미친 거 아니야?"

나드림이 거친 말을 쏟아 냈다. 나도 할 말을 찾아 입을 벙긋거렸지만 결국 아무 말도 하지 못했다. 동화의 영상은 더 교묘하게 합성되어 인스타에 퍼지고 있었다.

집에 도착해서도 한참 동안 아무것도 할 수 없었다. 한 시간 뒤면 수학 학원에 갈 시간이고, 못 한 숙제까지 있어

억지로 교재를 꺼내 이차방정식 공식이 빼곡한 페이지를 펼쳤다. 손에 쥔 연필이 의미 없는 선을 그리며 종이를 까맣게 칠했다. 엑스축과 와이축의 그래프를 화면 삼아 아까 본 동화의 영상이 종이 위에서 재생됐다.

 동화의 얼굴에 돼지의 몸을 한 괴상한 생명체가 춤을 추고 있다. 동화가 춤을 추며 짓던 진지한 표정은 돼지가 도살장 앞에서 발버둥 치며 짓는 표정으로 연결되고, 돈까스 가게, 제육덮밥 가게, 삼겹살 전문 식당을 배경으로 돼지의 몸을 한 여러 명의 동화가 끊임없이 춤을 춘다. 꽥, 돼지가 비명을 지르고 김이 모락모락 나는 돈가스를 브이가 맛있게 먹는다. 마지막에는 시상식에서 브이가 감탄하며 박수치는 장면을 합성했다. 첫 번째 영상보다 지독하고 잔인하게 동화를 웃음거리로 만들고 있었다.

 자연스럽게 내 핸드폰 저장함에 꼭꼭 숨겨 둔 사진이 떠올랐다. 손끝이 떨렸다. 한국에 와서 처음으로 핸드폰 사진첩 잠겨 있는 비밀 폴더를 열었다. 리사 옆에 서 있는 내가 보였다.

 사진 속의 나는 행복하게 웃고 있었다. 긴 머리를 늘어뜨리고, 진한 화장을 한 채로. 새하얀 드레스의 목선은 깊게

파여 그 사이로 커다란 가슴이 드러나 있었다. 사진 속 내 모습은 서늘하게도 진짜 나 같았다.

장난이라며 입술을 삐죽이던, 내 사진을 합성한 녀석에게 내가 뱉은 그 말은 이제 되돌리고 싶어도 되돌릴 수 없다.

> 사진만 다 지워 줘. 그러면 괜찮아.

괜찮지 않았다. 사실은 원망스러웠다. 끈적한 오물을 없애겠다고 그 위에 시커먼 기름을 문지르는 것 같았다. 오물과 기름은 섞여서 더 단단해지고, 지울 수 없을 만큼 진해졌다. 지웠다는 사진들은 계속 공유되어 퍼져 나갔고, 소문은 부풀리고 부풀려져 점점 몸집을 키워 갔다. 아이들은 사진이 가짜인 걸 알면서도 내가 종종 그런 모습으로 돌아다닐지 모른다고 말했다. 처음에는 내 편에 섰던 리사도 점점 나를 피했다. 장난이라고 넘어간 그 녀석의 세계는 변함이 없었다. 내 세계만 흔들렸다.

아이들의 웃음 섞인 눈빛에 나는 그 사진이 진짜 나인 것처럼 부끄러웠다. 나를 삼켜 버릴 것 같은 부끄러움 앞에서 나는 도망치는 걸 선택했다.

혼자 있을 때, 조용히 흐르는 구름이 하얀 드레스처럼 보일 때, 나는 불현듯 그 순간으로 수없이 끌려 들어간다. 아래위로 나를 훑어보는 시선들, 내 앞에서 낄낄거리던 시선 앞으로.

내 몸은 도망쳤지만 마음은 여전히 그곳에 붙들려 있다.

나는 한 문제도 풀지 못한 문제집을 펼쳐 둔 채 밖으로 나갔다.

"동화, 오늘 학원 안 나왔어."

댄스 학원 앞으로 무작정 찾아가 전화를 건 나에게 학원 원장님은 그 말만 남기고 먼저 전화를 끊었다. 우릉우릉 울리던 먹구름에서 결국 빗방울이 떨어지기 시작했다. 편의점에 들어가 급하게 우산을 샀다. 멍하니 편의점 창문에 맺히는 빗방울의 수를 셌다. 학원까지 찾아와 봤으니 난 할 만큼 했어. 애써 합리화하며 편의점을 나섰다.

그때 학원 건물 앞에서 누군가 비를 맞으며 서 있는 게 보였다. 평소 같았으면 모른 척했을 테지만 오늘은 그럴 수가 없었다. 천천히 다가가 하리에게 우산을 씌웠다. 나를 돌아보는 하리의 눈이 빨갰다.

"넌 왜 비를 맞고 있냐. 동화 때문에 그래?"

"동화가 연락이 안 돼. 학원도 안 나왔대. 내가 단톡방에 영상을 안 올렸으면 이런 일이 없었을 텐데…… 나 때문이야. 동화한테 어떻게 사과해야 받아 줄까?"

장하리의 잘못이 아니다. 그리고 장하리가 아무리 사과해도 동화는 괜찮아지지 않는다. 리사의 사과가 물에 떨어지는 눈송이처럼 내 안에 남지 않고 녹아 사라진 것처럼.

"진짜 범인이 사과를 해야지. 그게 괜찮아지는 유일한 방법이야."

"네가 그걸 어떻게 알아?"

"그냥 알아."

나는 눈을 질끈 감았다. 깊은 한숨을 내쉬고 눈을 뜨자 걱정 섞인 하리의 눈동자가 보였다.

"진짜 사과받아야 할 사람한테 사과받지 못하면 결국 아무것도 괜찮아지지 않아."

놀란 듯했던 하리의 눈동자가 단호해졌다.

"맞아. 고마워, 강루이. 나 당장 경찰에 신고해야겠어."

하리는 그 말만 남기고 빗속으로 뛰어가 버렸다. 괜히 나 때문에 일이 커지는 건가. 나도 급하게 하리의 뒤를 쫓았다.

"그냥 포기하라고? 말도 안 돼."

하리는 아까부터 똑같은 말을 반복했다. 비는 더 거세어져서 우리는 경찰서 앞 편의점 한켠에 자리를 잡고 앉아 컵라면에 뜨거운 물을 부었다. 꽤 먼 거리에 있는 경찰서까지 우산도 안 쓰고 무작정 뛰어가던 장하리는 결국 나에게 붙잡혀 함께 우산을 쓰고 걸었다. 낯선 길을 더듬으며 겨우 찾아간 경찰서는 사막의 오아시스 같았다. 하지만 그곳에 목마름을 해결해 줄 물은 없었다.

"학생이 딥페이크 영상 피해를 본 건가요?"

"아니요. 제 친구요."

"피해자 측에서 직접 피해 상황을 접수해야 수사할 수 있습니다."

"그런데 그 친구가 지금 연락이 안 돼요."

"꼭 범인을 잡아야 해요. 부탁드려요."

경찰은 우리가 다짜고짜 내민 영상을 재생해서 한참 본 뒤 다시 물었다.

"그러니까 춤추는 영상인데 연예인 얼굴이랑, 또 돼지 몸이랑…… 합성했네요?"

"네."

"이 정도면 신고해도 제대로 고소가 안 될 수도 있어요. 별로 심각한 사안이 아니라."

"심각하지 않다고요? 그걸 누가 결정해요?"

"법이 결정하는 거죠. 그리고 범인을 모르는 상태에서 사이버 수사로 잡아내는 건 수사만 해도 몇 달이 걸릴지 알 수 없어요."

사이버 수사 전담이라는 경찰과 이야기한 10분 남짓의 시간 동안 우리가 느낀 건 허탈함이었다. 피해자는 있는데 처벌할 사람은 없다. 가해자를 모르면 수사조차 시작이 안 된다. 그러니까 우리가 할 수 있는 건 아무것도 없다.

생각할수록 가슴이 답답하고 화가 났다. 수없이 나에게 물었던 질문이 다시금 떠올랐다. 만약 그때로 다시 돌아간다면 난 어떻게 하고 싶을까.

"우리 범인 잡자."

내 말에 하리가 라면을 먹다 말고 커억 하고 뱉어 냈다.

"범인을 잡자고? 어떻게?"

"처음 영상을 잘못 올린 게 우리 반 단톡방이었으니까 우리 반 애들 중 하나가 범인일 거야. 경찰이 못 한다면 우리라도 하자. 범인 잡아서 동화한테 제대로 사과하게 하자."

마치 나에게 하는 다짐처럼 말했다. 그러자 컵라면에 남은 라면 국물을 한 번에 다 마셔 버린 장하리가 통통 부어 새빨개진 입술로 말했다.

"강루이 너, 처음으로 마음에 든다. 좋아. 범인 우리 손으로 잡자."

우리는 순식간에 범인을 잡기 위한 공조자가 되었다. 아주 자연스러운 일이었다.

용의자와 용의자

다 먹은 라면을 한쪽에 밀어 놓고 범인을 찾을 방법을 논의하고 있는데 핸드폰이 울렸다. 엄마였다. 시계를 보니 벌써 수학 학원에 있어야 할 시간이었다. 나는 울리는 전화를 수신 거부하고 엄마에게 메시지를 보냈다.

> 급한 일이 생겨서 오늘 학원 못 갔어.
> 학교 숙제 관련된 일이고, 보충은 알아서
> 잘 할게. 바쁘니까 전화 금지.

터져 나올 엄마의 잔소리는 뒤로 미뤄 두었다. 솔직히 하루 학원을 빠지면 밀리는 진도와 숙제 그리고 보충 수업까지, 해야 할 일이 두 배는 늘어나서 힘든 건 나다. 하지만 이번 일을 해결하는 건 미루고 싶지 않았다. 무엇보다 한국에 돌아오고 나서 했던 일 중 가장 의욕이 샘솟았다.

우리는 각자 단톡방에 들어가 대화창을 거슬러 올라가며 시간대를 꼼꼼히 살폈다.

"내가 동화의 영상을 잘못 올린 게 10시 19분이고, 합성 영상이 올라온 걸 확인한 게 49분. 그러니까 30분 만에 합성 영상이 만들어지고 퍼진 거야. 이렇게 빨리 영상을 합성한 거 보면 컴퓨터를 보통 잘하는 애가 아니야."

인스타에 공유되었던 영상 아이디를 추적했다. 물론 영상은 언제 있었냐는 듯이 삭제되었다. 하지만 나는 그 영상이 올라왔던 계정 주소와 영상을 캡처하고, 동영상으로 증거도 남겨 두었다. 첫 번째와 두 번째 영상을 올린 아이디는 같았다. 프로필 사진도 없고 팔로잉과 팔로우도 없는, 이메일 주소까지 가짜인 완벽한 유령 계정이었다.

"유령 계정까지 만들어서 합성 영상을 퍼트렸어. 동화를 괴롭히려는 목적이 분명한 이유가 있는 애가 범인일 거야."

나는 아까부터 계속 의심이 갔던 한 명을 입 밖으로 꺼낼까 말까 고민했다. 하리에게 그 아이가 범인이라고 말하는 건 친구를 의심하라는 말과 같으니까. 나조차도 그 애가 범인이라는 사실을 믿을 수가 없지만 의심 가는 정황은 충분했다.

"미소랑 동화 싸운 거 알아?"

"무슨 소리야? 언제?"

핸드폰에 담긴 그날의 영상을 재생해서 하리에게 보여 줬다. 만약 미소가 범인이라면, 이 영상은 범죄의 증거가 되겠지. 미소가 화내다가 들고 있던 종이를 찢어 던진다. 동화는 건물로 들어가 버린다. 게다가 그날 동화가 넘어졌을 때 동화가 미소의 손을 뿌리치는 걸 봤다. 미소는 동화에게 크게 화가 났고, 복수하고 싶은 마음이 든 거다. 미소가 가장 잘하는 방법을 사용해서.

"미소, 영상 편집으로 상도 받았다며. 이렇게 빠른 시간에 영상을 만들었다는 건 영상 편집에 아주 능숙하다는 말이야."

"말도 안 돼. 아니야, 미소는."

하리는 입을 굳게 다물고 고개를 저었다.

"그럼 그냥 묻어 두던가. 없던 일로 하고."

믿고 싶지 않은 게 당연하다. 친구에 대한 믿음이 깨지는 건 괴로움을 넘어서 고통스러운 일이니까. '네가 어떻게 그럴 수 있어?'라는 말은 해 본 사람만 안다. '어떻게'라는 말에는 분노가, '그럴 수 있어?'라는 말에는 슬픔이 뭉쳐 있다. 그 말을 할 때 심장에서 바늘이 돋아난다. 어쩌면 범인을 잡지 못할지도 모른다는 생각이 들자 입맛이 썼다.

그때 잠시 멈춰 있던 하리가 결심한 듯 벌떡 일어났다.

"지금 미소 수학 학원 끝날 시간이야. 학원 앞으로 가자. 미소 만나서 직접 물어보자. 물어보지도 않고 범인이라고 의심하는 건 비겁해."

하리는 거침없이 밖으로 나가 걷기 시작했다. 어느새 비는 그쳐 있었다. 뒤에서 따라 걷는 동안 장하리는 한 번도 돌아보지 않았다. 그 뒷모습에서 단단한 결심이 느껴졌다.

"저기 있다."

하리가 학원 앞에 있는 작은 컵밥집을 가리켰다. 창 안으로 한 손에 핸드폰을 들고 밥을 먹고 있는 여자아이의 뒷모습이 보였다. 반 묶어 돌돌 말아 올린 독특한 헤어스타일이 미소가 분명했다. 가까이 다가서서 들여다보니 미소는 동화의 영상을 몇 번이고 돌려보고 있었다. 마치 범인이 범죄 현장을 다시 찾는 것처럼.

"미소는 오늘 학원 수업 많은 날이라 지금 저녁 먹어야 하거든."

서로의 학원 스케줄을 알고 있을 만큼 친한 사이. 둘 사이를 방해하는 불청객 같은 기분이 들어서 그냥 뒤돌아 가 버리고 싶었다. 하지만 하리가 망설이는 내 팔을 잡아끌었다. 나는 그 팔을 뿌리치지 않고 못 이기는 척 가만히 있었다. 팔목에 닿은 따뜻한 손의 온기에 쿵쿵대던 심장이 조금은 차분해졌다.

잠시 뒤 식당 밖을 나온 미소가 우리를 발견하고 반갑게 뛰어왔다. 나는 한걸음 뒤로 물러서고, 하리는 미소를 향해 말없이 다가섰다. 당황한 미소의 표정과 단호한 하리의 뒷모습에 무거운 침묵이 흘렀다. 알파벳 브이 모양 인형이 미소의 핸드폰에 걸린 채 달랑거렸다.

"합성 영상 만든 거 너야?"

하리가 다짜고짜 본론을 꺼내 들었다. 저절로 침이 꼴깍 넘어갔다.

"그게 무슨 말이야? 내가 합성 영상을 만들었다고?"

"네가 만들었다는 게 아니라, 네가 만들었냐고. 질문이야. 솔직하게 말해 줘."

하리가 대본을 읽듯이 또박또박 천천히 말했다.

"넌 30분 안에 합성 영상을 만들 수 있을 만큼 영상 편집에 능숙해. 그리고 동화 인터뷰 촬영 날 너희 둘이 싸우는 걸 루이랑 드림이가 봤어. 증거 영상도 있어."

"그래서 나를 의심하는 거야?"

"아니면 네가 범인이 아니라는 증거를 대 봐."

하리가 미소를 몰아세웠다. 그러자 미소가 지지 않고 맞받았다.

"처음에 그 원본 영상은 하리 네 핸드폰에 있었어. 편집할 시간은 너에게 가장 많았지. 그럼 너도 용의선상에 있어야 하는 거 아니야? 왜 너는 쏙 빠져?"

창과 방패의 싸움처럼 팽팽한 분위기에서 미소가 하리 춤에 손을 올리며 쐐기를 박았다.

"너도 범인이 아니라는 증거를 대 보던가."

친한 사이라고 믿기 어려울 만큼 단호하고 냉정한 대화였다. 하리가 주춤하는 사이 내가 말을 이었다.

"그럼 그날 싸운 거는 왜 그런 거야? 동화한테 너 화냈잖아. 종이도 막 찢고."

내 질문에 미소는 입술을 질끈 깨물었다.

"그건 말 못 해. 하지만 난 절대 범인 아니야. 내가 범인이면 우리 집에 있는 브이에 대한 모든 것들 다 줄게. 희귀 포카도, 1년 기다려서 산 굿즈도. 팬 계정 탈퇴 인증하고 브이 망하라고 학교 운동장에서, 아니 학교 방송실에서 방송할게."

막무가내로 하는 말인데도 신뢰가 느껴졌다. 유미소가 브이를 걸다니 저건 진짜다. 우리의 취조가 잦아들자, 이번에는 미소가 우리를 향해 되물었다.

"너희는 왜 범인 찾는 건데?"

"내가 단톡방에 동화 영상 잘못 올린 바람에 그 영상이 제작된 거잖아. 동화는 지금 어디 있는지 연락도 안 되지, 경찰은 신고해도 소용없다고 하지. 어떻게 가만히 있어?"

"강루이, 넌?"

미소가 나를 향해 고개를 돌렸다.

"솔직히 너 다른 사람 일에 관심 없잖아. 아, 이 일로 조별 과제 망칠까 봐 그러니? 너한테 피해 갈까 봐?"

차가운 표정과 날카로운 말투에서 잔뜩 곤두선 가시가 느껴졌다. 솔직하게 말하는 것 말고 다른 방법은 생각나지 않았다.

"나도 비슷한 일을 겪은 적이 있어."

"비슷한 일? 어떤 일?"

누구에게도 말하지 않은 일을 꺼내려고 하니 껍질을 벗은 달팽이가 된 기분이었다. 주먹을 다시 안으로 꼭 말아 쥐었다.

"딥페이크 합성 사진. 나 그것 때문에 전학 온 거야. 미국에서 한국으로."

미소가 헉 소리와 함께 입을 가리고, 하리는 조용히 내 말을 기다리는 듯 말을 아꼈다.

"나는 그때 아무것도 못 하고, 제대로 사과도 못 받았거든. 그래서 동화는 제대로 사과받게 해 주고 싶어."

말을 하자 조금 더 분명해졌다. 내가 무얼 놓치고 왔는지. 한번 맞서 봐야 했다. 괜찮은지 안 괜찮은지는 너희들이 결정하는 게 아니라 내가 결정하는 거라고. 이제야 머릿속이 조금 맑아지는 기분이 들었다.

미소가 빠르게 고개를 끄덕였다.

"나도 그 영상 제작한 범인 찾고 싶어. 계정 아이디 추적해 봤는데 계정 주인은 알 수 없지만, 그 영상을 처음 올렸던 장소는 어딘지 알아냈어. 누리 중학교 근처 피시방이야.

아마 그 근처에 사는 누군가의 짓이겠지? 두 개의 영상 퀄리티가 많이 차이 나는 걸 보면 처음엔 아주 급하게 만들어서 올렸고, 두 번째는 여유가 생긴 거야. 범죄가 반복되면서 점점 진화하는 것처럼. 처음에는 피시방에서 올렸지만, 두 번째는 아이피를 추적할 수 없는 곳에서 올린 것도 그렇고 말이야."

"너 아이피 추적, 그런 것도 할 줄 알아? 그런 거 해커들이 하는 거 아니야?"

미소는 어깨를 으쓱했다. 이제까지 가면을 쓰고 있었던 듯 처음 보는 표정으로 웃었다.

"미소는 범인이 아닌 거 같아. 오히려 우리에게 꼭 필요한 능력자지. 안 그래?"

하리가 나를 향해 동의의 눈빛을 보냈다. 나도 동의의 눈빛으로 맞받았다. 미소가 범인이 아니라서 다행이다. 내가 범인이라고 몰아 놓고 이런 생각이 드는 게 당황스러웠다. 미안한 마음이 들었지만, 미소와 하리는 그런 건 상관없다는 듯 어느새 범인 찾기에 골몰했다. 서로를 범인으로 의심했던 일은 벌써 까먹은 것 같았다.

"우리 반 애들 중 누리 중학교 근처 피시방에 갈 만한 애가 누가 있을까?"

"누리중 근처 학원 다니는 애 있잖아. 이세화. 맨날 학원 숙제 많다고 투덜대잖아. 그러고 보니 세화 영상 편집도 잘해. 강력한 용의자야."

"그리고 누리 중학교에 아예 전학 간 애도 있지."

우리 셋의 입에서 동시에 같은 이름이 터져 나왔다.

"차현우!"

누리 중학교와 관련 있는 사람 중 동화를 싫어하는 사람. 가장 강력한 용의자였다.

집에 도착하자마자 방문 사이에 달아 놓은 턱걸이 봉에서 턱걸이를 하던 엄마가 땀범벅인 채로 나에게 다가왔다. 문자를 씹고 전화까지 수신 차단한 채 늦게 들어온 나에게 화가 난 게 분명하다.

"아빠는?"

일단 내 방패가 되어 줄 아빠부터 찾았다.

"소용없어, 강루이. 오늘 아빠 늦게 오거든."

"아빠는 요즘 왜 이렇게 맨날 늦어? 옷도 지저분하게 입고 다니고. 수상해."

"아빠보다 네가 더 수상하니까 말 돌리지 마. 요즘 숙제도 계속 밀리고 밤에 핸드폰도 많이 쓰는 것 같고. 안 그래도 말하려고 했는데 엄마 이번 주말에 헬스장 계약하기로 했어. 이렇게 네 맘대로 학원 빼먹을 거면 다 끊고 그 학원비 엄마가 사용해도 되겠니?"

농담이 아니다. 다시는 학원을 빠지지 말라는 엄마 방식의 경고다.

"내가 뭐 놀다가 빠졌으면 할 말 없지만, 학교 숙제하느라 빠졌다니까?"

"그러니까 자꾸 빠질 거면 학원 다 그만두라니까? 너 학원 한 시간에 오만 원이 넘어."

"겨우 한 번 빠진 거 가지고 너무하는 거 아니야?"

"겨우? 엄마가 미국 오가며 쓴 돈이 얼만데. 아니면 도대체 왜 한국 오자고 난리 쳤는지 네가 말해 줄래? 그 이유를 알면 엄마가 돈이 덜 아까울지도 모르지. 말해 봐. 다 들어 줄 테니까."

목구멍 안쪽에서 묵직한 무언가가 가슴을 쿵쿵 때렸다.

그때 해결하지 못한 일을 지금 이야기한다고 달라질 건 없다. 이미 지나 버린 일을 엄마, 아빠에게 해결해 달라고 어리광을 부리고 싶지도 않다. 꺼내 달라는 비밀의 아우성을 단단하고 무거운 말로 틀어막아 버렸다.

"알았어. 앞으로는 절대 학원 안 빠질게요. 잘못했습니다."

엄마는 떨떠름한 표정으로 나를 쳐다보더니 한숨을 내쉬고 턱걸이 봉으로 돌아갔다.

하루가 백만 년만큼 길었다. 방으로 돌아와 침대에 드러누워 핸드폰을 열었다. 단톡방에 동화의 영상과 아이들이 한 말들이 고스란히 남아 있었다. 동화에게 절대로 닿지 않을, 겉으로만 하는 위로들. 나에게도 가시처럼 박히는 말들을 하나씩 천천히 다시 살피다 보니 이상한 점이 눈에 들어왔다.

두 번째 영상이 올라온 시간. 왜 이걸 확인하지 못했을까? 얼른 노트 하나를 꺼내 첫 번째 영상과 두 번째 영상에서 나타난 정황을 다시 꼼꼼하게 기록했다.

그다음 나드림과 오고 간 대화창을 열었다. 항상 나드림이 먼저 메시지를 보냈다. 가방 때문에 나드림과 아침

마다 등교하며 주고받았던 대화들을 보다 보니 픽 웃음이 나왔다.

> 춥다. 현재 기온 5.3도, 바람 때문에 체감 영하 10도임.

> 인간 온도계야?
> 그럼 난 패쪼 입어야겠다.

> 비 온다고 했지만, 비가 안 옴. 학교 도착까지 예상 강우량 0.00001.

> 인간 측우기야?
> 그러면 난 우산 안 가져간다.
> 비 오면 네 우산 내 꺼.

> 굿모닝! 오늘 날씨 화창. 동화랑 얘기할 게 있어서 먼저 가.

> ㅇㅋ. 동화를 계속 가방 셔틀로 추천해.

동화에 대한 이야기를 나눈 부분을 천천히 다시 읽었다.

그러고 보니 나드림이 어제랑 오늘 나에게 가방 들어 달라는 말을 하지 않았다. 어쩌면 나드림도 이 일을 그저 지켜만 보고 있지는 않을 것 같다는 예감이 들었다. 누구보다도 많은 걸 알고 있고, 관찰력이 뛰어난 나드림은 내가 나서지 않아도 범인을 찾아낼지도 모른다. 하지만 나도 동화에 대해 많은 걸 알아 버렸다. 모른 척할 수 없을 만큼. 아는 척하고 간섭하고 싶은 마음이 들 만큼.

한참 버튼만 만지작거리다가 나드림에게 처음으로 먼저 메시지를 보냈다.

> 나도 동화를 도와주고 싶어.
> 진심으로.

울리지 않는 전화기를 들고 어느새 잠이 들어 버렸다. 오랜만에 악몽조차 없는 긴 밤이었다.

그날의 비밀

다음 날, 동화는 학교에 나오지 않았다. 몸살감기라고 했다. 이 감기에는 약이 필요 없다. 동화의 감기는 어딘가에 있을 범인을 찾아내면 나을 게 분명하다. 쉬는 시간 구석진 곳에서 하리와 미소와 나는 조용히 접선했다. 학교에서 쉬는 시간에 숙제나 예습이나 화장실을 가는 일이 아닌 다른 행동을 한 건 처음이었다. 지나가던 애들이 함께 있는 우리가 낯설다는 표정으로 뭐 하냐고 물었지만, 누구에게도 우리가 하는 수사에 대해 말할 수 없었다. 수사의 기본 원칙은 비밀 유지니까.

나는 어제 정리한 수첩에서 형광펜으로 줄 친 부분을 손가락으로 짚었다.

"결정적 증거를 찾았어. 두 번째 영상을 올린 시간을 봐."

어제 나드림이 두 번째 동영상을 확인하고 우리에게 보여 준 건 수업이 끝난 뒤여서 그 시간에 동영상이 올라왔다고 생각했다. 하지만 다시 확인하니 동영상이 올라온 시간에 우리 반은 한창 7교시 수업 중이었다. 심지어 7교시는 무섭기로 유명한 영어 선생님 시간이었고, 단원 평가 중이었기 때문에 누구도 핸드폰을 꺼낼 수 없었다. 즉 우리 반 누구도 그 시간에 영상을 올릴 수는 없었다는 말이다. 모두에게 알리바이가 있었고 범인은 우리 반 학생이 아니라는 결론이 나왔다.

"그럼 자연스럽게 용의선상에서 세화는 제외야. 그런데 차현우는 그 시간에 우리 반에 없었지. 왜냐하면 그전에 전학을 갔거든."

"강루이, 큰 건을 물어왔군."

미소가 날카로운 눈빛을 번뜩이며 말했다.

모든 증거가 한 사람을 가리킨다. 단톡방에서 영상을 봤으면서, 그 시간에 영상을 올릴 수 있었던 사람. 우리 반 단톡방에 있으면서 우리 반이 아닌 사람.

"그래도 경찰에 신고하려면 아직 증거가 부족해. 심증은 있지만, 직접적인 증거."

내 말에 미소와 하리도 고개를 끄덕였다. 차현우라는 빼도 박도 못할 증거는 차현우에게 있을 게 분명하다.

"오늘 누리중 근처 학원가로 가 보자. 차현우 핸드폰을 빼앗아서 뒤지면 증거가 나올 거야."

하리의 제안은 위험하지만 아주 매력적이었다. 그때 갑자기 등 뒤로 다가온 누군가가 내 귀에 "잠깐만" 하고 속삭였다.

"으악! 깜짝이야!"

뒤돌아보니 머리카락을 앞으로 넘기고 고개를 숙인 나드림이 귀신처럼 서 있었다. 도대체 무슨 콘셉트인지 모르겠다. 어제 내 메시지를 씹어 놓고는 잠도 안 잤는지 눈이 새빨갰다.

"아깝다. 그 증거 내가 먼저 말하려고 했는데. 그런데 설마 나 빼놓고 가려는 건 아니지? 증거 수집에 카메라가 빠질 수 없잖아."

그렇게 우리는 구슬 뽑기로 뭉친 1조라는 이름 대신, 딥페이크 사건 범인 검거단이 되어 뭉쳤다.

"유미소, 그걸 지금 변장이라고 한 거니?"

"장하리, 너야말로 완전 사회부적응자 같거든!"

우리는 서로의 모습을 보며 비웃었다. 커다란 선글라스를 쓴 미소는 그냥 선글라스 쓴 유미소였고, 계절과 어울리지 않게 털모자와 목도리를 두른 장하리는 몇 걸음 걷지도 못하고 털모자를 벗어 던졌다. 미국 디즈니랜드에서 산 나의 다스베이더 가면은 오히려 더 눈에 띈다며 가방 안에서 나오지도 못했다. 결국 변장을 포기하고 함께 지하철에 몸을 실었다. 우리 동네에서도 누리 중학교 근처에 있는 학원가에 다니기 위해 지하철을 타고 이동하는 애들이 많다. 나도 몇 번 레벨 테스트를 봤던 유명 학원들은 대부분 그 동네에 있다. 아직은 비싼 가격과 먼 거리 때문에 다니고 있지 않지만, 저 무거운 가방을 둘러멘 무리에 섞이는 건 이제까지 당연하게 생각했던 미래의 내 모습 중 하나다.

"그런데 강루이, 너 특목고 준비한다고 하지 않았어? 차현우 초등학교 때부터 뭐 문제만 있으면 학폭 신고하기로 유명해. 갔다가 시끄러워질 수도 있는데 괜찮겠냐?"

"그러는 너도 공부 잘하잖아. 특목고 준비 안 해?"

"안 해. 난 어디 가도 잘할 자신 있거든."

"아, 진짜 내 친구지만 너무 재수 없다, 장하리."

미소의 말에도 장하리는 아랑곳하지 않고 말을 이었다.

"지금의 내가 미래의 나를 만들어 가는 거라고 동화가 그랬잖아. 그러니까 내가 하고 싶은 일들에 집중해야지. 미래에 후회하지 않도록. 지금 딥페이크 범죄 사건의 범인을 밝혀내는 것만큼 중요한 건 없어."

나도 그렇다. 지금 꼭 해내야 하는 일. 꼭 범인을 잡아야 하는 이유가 나에게도 있다.

"나도 이번 일이 중요한 이유가 있어."

"그게 뭔데?"

맞은편 자리에서 크게 떠드는 아이들 때문에 내 목소리가 잘 안 들리는 듯 동시에 나를 향해 몸을 숙였다.

"어떤 사진이 계속 나를 괴롭혀."

영문을 모르는 나드림이 눈을 크게 뜨고 나를 봤다.

한국에 온 뒤 누구에게도 말하지 않았던 이야기가 내 안에서 나오고 싶어 발버둥 쳤다.

투둑. 투둑.

단단한 껍질로 막아 놓은 비밀에 금이 가기 시작했다. 그 정도 일로 악몽까지 꾸냐고 나를 비웃지 않을까 꽁꽁 숨겨 놓았었는데, 이제 혼자 들고 있기에 너무 무겁게 느껴졌다.

"어제 말한 합성 사진 말이야. 좋아하는 애 옆에 서 있는 나를 여자로 만들어 놓은 사진이었어. 그 사진을 만든 애는 나랑 제일 친한 친구였고."

지하철 안의 소음은 사라지지 않았지만, 우리만 순간 이동해 진공 캡슐에 들어온 듯 한꺼번에 말이 사라졌다. 내 목소리가 내 것이 아닌 것처럼 귓가에 웅웅거렸다. 어딘가 먼 곳에서 누군가 나를 대신해 말해 주는 것 같았다.

"진짜도 아닌데, 여자로 바꿔 놓은 사진 갖고 왜 이렇게 괴로워하냐고 해도 할 수 없어."

창밖으로 눈을 돌리려다가 나드림의 눈과 정면으로 마주쳤다.

"계속 말해도 돼."

부드러운 나드림의 목소리가 가볍게 내 등을 떠밀어 주는 기분이었다.

"난 어릴 때부터 예쁘다는 말이 싫었어. 내가 잠든 줄 알고 엄마가 옆에서 했던 말이 아직도 기억나. '어떻게 우리

집에서 이런 애가 나왔지?'라고 했어. 농담처럼 말했지만, 그 말이 나한테는 상처로 남았어. 아무리 노력해도 난 늘 작고, 왜소하고, 힘도 약하고, 운동도 늘 꼴찌였어. 예쁘다는 말은 나를 비웃는 것처럼 느껴졌어. 그래서 그 사진을 본 순간, 사라져 버리고 싶을 정도로 괴로웠어."

애들은 마치 이 세상에 말할 수 있는 사람은 나밖에 없는 것처럼 내 말에 집중하고 있었다.

"도망치면 모든 게 괜찮아질 거라고 생각했는데…… 그런데 아니더라고. 그 기억은 점점 진해지고 무거워져서, 차라리 그때 내가 도망치지 않았으면 어땠을까 생각해. 범인을 잡으러 다니면서 그때 못 했던 걸 하는 기분이야. 이건 동화를 위한 거기도 하지만, 나를 위한 일이기도 해."

가슴속에 놓여 있던 커다란 돌덩이가 내 말과 함께 흔들리다 쾅 하고 부서졌다. 나는 얼른 주먹으로 눈가를 꾹 눌렀다.

그때 내 양옆에 앉아 있던 미소와 하리가 동시에 내 어깨를 잡았다. 나드림이 천천히 내 머리에 손을 올렸다. 조심스럽지만 망설이지 않는 마음이 따뜻한 손을 타고 전해졌다.

"강루이, 그래서 내가 합성 사진 올렸을 때 그렇게 화냈

었구나."

 장하리가 이제야 이해가 된다는 듯 입술을 조금 내밀며 고개를 끄덕였다. 그때 다짜고짜 화를 냈던 생각이 나서 좀 미안해졌다. 미소가 조심스럽게 말을 이었다.

 "그런데 솔직히 합성이 필요할 때도 있긴 해. 숙제할 때도 편하고. 원하는 걸 마음껏 표현할 수 있게 해 주잖아. 사람이 하면 오래 걸리는 작업을 빠르게 해 주니까 노력 대비 결과물도 좋고 말이야."

 "맞아. 무조건 합성이 나쁘다고는 할 수 없어. 드라마나 영화에도 합성 영상을 활용해서 더 감동적이고 극적으로 표현하기도 하니까."

 그 말에 나도 고개를 끄덕일 수밖에 없었다. 무조건 합성이 잘못된 거라고 내 편을 들어주지 않아도 괜찮았다. 이미 그런 걸으로 하는 위로에는 질렸다. 괜찮냐고 물어보는 애들은 수없이 많았지만, 그런 말들은 내 안에 하나도 남지 않았다.

 애들 말대로 이미 세상은 내가 피할 수 없을 정도로 많은 합성 사진과 영상이 만들어지고 있다. 언제까지 합성이 가짜라는 이유만으로 도망 다닐 수는 없다. 그건 세상에서 도망쳐 나 혼자만의 세상에 갇혀 지내는 것일 테니까.

"그런데 이 경우는 달라. 다른 사람의 개인정보를 동의도 없이 재미를 위해 이용한 거잖아. 양날의 검이랄까. 잘 사용하면 유용하고, 잘못 휘두르면 독이 되는 거야."

하리가 드림이의 말에 단호하게 고개를 저었다.

"독이라니 너무 우아한 말이야. 다른 사람을 괴롭히려고 만든 합성 사진은 그냥, 똥이야. 컴퓨터가 싼 똥."

"카레 맛 똥, 똥 맛 카레 그런 건가? 난 똥 맛 카레를 선택할래. 겉모습보다는 본질이 중요하다는 입장이거든."

이번에는 드림이가 진지하게 똥을 여러 번 발음하며 고개를 끄덕였다. 그 말을 듣자 그 사진이 정말 똥처럼 더럽게 느껴졌다. 그리고 똥은 더럽지만, 무섭지는 않다.

단단한 척 상처를 감싸고 있던 껍데기가 산산조각 부서지고 어느새 그것을 대신하는 부드러운 막이 내 마음을 감쌌다. 단단하지 않아도 충분히 강인한 어떤 것이.

그사이 지하철이 누리 중학교 역에 도착했다. 한쪽 출구 방향으로 아이들이 우르르 몰려 나갔다. 우리는 가장 마지막으로 내려 천천히 그 뒤를 따랐다.

학원 사거리에 도착하자마자 나드림이 한 피시방을 가리켰다.

"저기다. 레전드 피시방."

새로 지은 듯한 깨끗한 건물 2층에 레전드 피시방이라는 주황색 간판이 달려 있었다. 1층은 편의점이라 커다란 가방을 멘 학생들이 쉬지 않고 지나다녔다.

"여기서 어떻게 차현우를 찾지?"

그때 영화처럼 차현우가 건물 입구에서 나왔다.

당황한 우리는 얼른 몸을 돌려 어색하게 딴청을 부렸다. 누가 봐도 의심스러운 몸짓이었지만 다행히 차현우는 우리 쪽은 보지도 않고 편의점 안으로 들어갔다. 세화가 기다리고 있었던 모양인지 곧 편의점 창가에 둘의 모습이 나타났다. 창가 테이블에 함께 자리 잡은 둘은 컵라면을 먹으며 핸드폰 게임을 시작했다.

차현우와 세화가 함께 있을 것을 예상하지 못했기 때문에 차현우가 혼자 남을 때를 기다려야만 했다. 초조한 마음과는 다르게 시간은 멈춰 있는 것처럼 느리게 흘렀다.

"어쩌지? 둘이 떨어질 기미가 안 보여."

"안 되겠다. 이대로 있다가는 아무것도 못 해 보겠어. 내가 어떻게든 세화를 차현우한테서 떨어트려 놓을 테니까 너희가 차현우 핸드폰 빼앗아. 알았지?"

나드림은 자세한 계획도 말해 주지 않은 채 편의점 안으로 들어갔다. 미소와 하리의 눈짓에 나도 얼른 편의점으로 따라 들어가 말소리가 들리는 뒤쪽 테이블에 몸을 숨기며 앉았다. 하리와 미소는 차현우가 나올 경우를 대비해 밖에서 기다렸다.

"차현우, 잘 지냈어?"

나드림이 갑작스럽게 말을 걸자, 현우와 세화가 깜짝 놀란 듯 고개를 들었다.

"뭐야, 나드림. 너도 여기 학원 다녀?"

"난 수행 평가 다큐멘터리 촬영하러 나왔어. 세화야, 너희 조는 뭐 발표해?"

"우리는 웹툰 그리기로 했어. 난 벌써 다 끝냈지. 보면 깜짝 놀랄걸?"

"놀라긴. 보나 마나 아무거나 대충 그렸겠지."

"아니거든. 내가 재벌이 된 모습을 네 컷 만화로 아주 멋지고 잘생기게 그리라고 인공지능한테 시켰거든. 유명한 웹툰 작가 스타일로! 보여 줄까?"

차현우는 세화가 완성한 웹툰을 함께 보며 낄낄 웃었다. 나드림이 둘 사이에 껴들었다.

"와. 여기도 인공지능이네. 우리 반 요즘 합성 영상 때문에 난리 났잖아. 차현우. 알아?"

차현우는 무심한 눈빛으로 다시 새로운 게임을 시작했다.

"그거? 세화가 보여 줬어. 뭐 그런 일로 난리냐. 누가 장난 좀 친 거 가지고 암튼 예민하게 군다니까."

"장난? 예민?"

그 말에 저절로 몸이 움찔거렸다. 그건 장난이 아니라 폭력이다. 한 사람의 마음을 조각내는 망치질이다. 뻔뻔한 차현우의 말을 들으니 당장이라도 벌떡 일어나 사과하라고 달려들고 싶었다. 하지만 나드림은 전혀 표정에 변화가 없었다. 오히려 여유롭게 미소까지 지었다. 아무래도 나드림은 감독이 아니라 배우를 해야 할지도 모르겠다. 여기까지 와서 내가 나드림의 계획을 망칠 수 없다는 생각에 다시 몸을 낮췄다.

"그런 합성 영상이 한두 개야?"

옆에 있던 세화가 뭔가 생각났다는 듯 픽 하고 웃었다.

"맞아. 너희 누나도 합성 영상 때문에 부모님이랑 장난 아니게 싸운다고 했잖아. 맨날 집에서 안 나가고 컴퓨터만 한다며."

차현우가 세화를 잠깐 노려보더니 다시 핸드폰을 이리저리 비틀며 게임을 했다.

"나도 이 게임 잘하는데. 여기서 이거 눌러야지!"

그 순간, 빠르게 차현우의 핸드폰으로 향하던 나드림의 팔이 세화의 앞에 놓여 있던 바나나 우유를 건드려 쓰러트려 버렸다. 우연인 것 같지만 정확히 계산된 각도였다. 세화의 하얀 티셔츠가 순식간에 노랗게 얼룩졌다.

"악! 뭐야, 어쩔 거야!"

"어떻게 하지? 닦아 줄게. 화장실, 화장실로!"

휴지로 테이블을 닦은 나드림이 다짜고짜 세화를 잡아끌었다.

"세화는 옷 빨고 말리려면 시간 걸릴 것 같아. 먼저 가!"

그러자 한숨을 내쉰 차현우가 드디어 자리를 털고 일어났다.

경고

 밖으로 나가 아이들과 합류한 뒤 천천히 현우 뒤를 따라 걸었다. 나드림이 온몸을 날려 만든 기회를 놓치면 안 된다는 생각에 마음이 급했다. 범인을 잡는 데 완벽한 타이밍이란 없다. 타이밍은 만드는 거다.
 나는 차현우가 학원 건물로 들어가기 전, 지체하지 않고 차현우를 향해 몸을 날렸다.
 핸드폰을 손에 들고 영상을 보며 걷는 차현우의 핸드폰을 빼앗는 건 어렵지 않았다. 장하리가 뒤에서 잡고, 나는 손에서 핸드폰을 빼앗았을 뿐.
 "뛰어!"

우리의 계획은 차현우를 따돌리고 구석진 골목에서 핸드폰을 뒤져 증거를 확보한 후 경찰에 핸드폰을 제출하는 거였다. 하지만 계획대로 되지 않는 게 인생이라고 했던가.

나는 몇 걸음 뛰지도 못하고 골목길을 꺾자마자 차현우에게 붙잡혀 버렸다. 빼앗기지 않으려고 몸부림을 치다가 넘어졌다. 손에 들고 있던 차현우 핸드폰도 바닥에 떨어졌다. 다시 한번 내 허약한 몸이 원망스러웠다.

"강루이, 너 뭐냐? 도둑질하냐?"

진짜 범죄자한테 범죄자 취급을 당하다니 억울해 몸이 떨렸다. 하리가 바닥으로 넘어진 나를 일으키고는 차현우를 향해 쏘아붙였다.

"뭐 하긴. 네 핸드폰 들고 경찰에 가서 신고하려고 그러지."

"내 핸드폰을 왜?"

"불어. 네가 동화 딥페이크 영상 제작한 범인이지? 단톡방에 공유된 동화 영상 받아서 네가 만든 거 다 알아."

"그 합성 영상? 뭔 헛소리야. 난 세화가 보여 줘서 알았는데?"

"웃기시네. 그렇게 당당하면 네 핸드폰 보여 줘 봐. 우리가 확인해 보면 되니까."

그러자 차현우가 순순히 자기 핸드폰을 내밀었다. 미소는 우리에게 다가오지도 않고 현우만 노려봤다. 하리와 나는 길바닥에 주저앉아 얼른 차현우의 카톡방을 살폈다.

"뭐야, 진짜 안 봤네."

우리 반 단톡방에 들어가니 그때까지 읽지 않은 메시지들이 우르르 몰려들었다. 하리가 처음에 단톡방에 공유했던 영상을 클릭하자 그제야 다운로드가 시작되었다. 차현우는 그 영상을 클릭조차 안 한 게 분명해졌다.

"요즘 누가 카톡 하냐? 디엠하지. 의심받으니까 열 받네. 나 단톡방 나간다. 잘 봐."

차현우는 우리가 보는 앞에서 수백 개의 메시지를 확인도 하지 않은 단톡방을 망설임 없이 나갔다. 그러고는 우리 눈앞에 핸드폰을 바짝 들이밀었다.

금이 간 차현우의 액정이 눈에 들어왔다.

"어쩔 거야? 완전 학폭인데 이거."

움찔해서 차현우를 쳐다보자, 차현우가 만족스럽다는 듯 씩 웃었다.

"이거 물어내라는 얘기 안 할 테니까 찾아오지 마라. 또 오면 그때는 신고할 거야. 알았어?"

"신고는 우리가 해야지!"

미소가 악을 쓰며 차현우 앞을 막아섰다.

"영상 네가 제작한 거 아니면 누가 제작해? 너 인스타에 동화 태그해서 저격 글 올리고, 동화 가방에 욕 쓴 종이도 넣고 그랬잖아."

"나 아닌데?"

"내가 봤어. 너 동화 가방에 종이 넣는 거! 동화 보기 전에 꺼내 봤더니 아주 쓰레기 같은 말들만 골라서 써 놨더라. 네가 쓰레기라고 인증하는 것처럼."

"헛소리 작작 해라. 한 대 맞고 싶냐?"

그러자 미소가 차현우 가슴팍을 두 손으로 확 밀쳤다. 무서운 눈빛으로 차현우가 미소의 어깨를 잡았다. 나도 모르게 앞으로 나섰다. 나보다 머리 하나는 더 큰 차현우가 주먹을 치켜들었다.

한 번도 누군가와 맞서 본 적 없다. 오히려 보호 대상이었던 적이 많았다. 내가 요청하지 않았는데도 말이다.

머릿속에서 경고음이 울리는 것처럼 몸이 후끈거렸다. 누군가를 지키는 힘은 몸에서 나오는 게 아니라 마음에서 나온다는 말이 그 순간 이해가 되었다.

그때였다.

"차현우, 그만해!"

멀리서 동화가 한 마리 코뿔소처럼 달려왔다. 동화는 차현우를 온몸으로 깔아 버릴 기세였다. 정말 아팠던 걸까, 어쩐지 동화의 얼굴이 핼쑥해 보였다. 늘 웃느라 보이지 않던 눈을 크게 부릅뜬 모습도 처음이었다. 급히 달려온 동화가 내 앞에 서며 숨을 헐떡였다.

"나 괴롭히는 건 참아도 내 친구 괴롭히는 건 못 참아."

난데없는 동화의 말에 어안이 벙벙해졌다. 우리가 그 정도로 친한 사이는 아닌 거 같은데. 액션 히어로 영화에나 나올 법한 대사는 동화의 험악한 표정과 다르게 달달함이 풍겼다. 그 말에 힘을 얻은 듯 미소의 목소리가 단호해졌다.

"동화가 말하지 말라고 했지만 못 참겠어. 너 동화 가방에 종이 넣는 거 본 날, 동화한테 바로 얘기했는데 동화가 그러더라. 자기는 괜찮다고. 다른 애들한테 네가 그랬다고 말하지 말라고."

동화에게 화를 내던 미소. 그런 미소를 두고 그냥 가 버린 동화는 그날, 차현우에 대한 이야기를 하고 있었던 거다.

아마도 미소가 찢었던 종이는 동화를 향한 욕이 쓰여 있던 종이였을 테고.

"내가 증인이니까 당장 너 학폭으로 신고하라고 했는데 동화가 말렸어. 그런데 그런 영상까지 제작한 건 너무한 거 아니야? 이래도 네가 아니라고? 그걸 믿으라고?"

미소는 눈 하나 깜짝하지 않고 차현우를 향해 쐐기를 박았다.

"이번에는 절대 그냥 못 넘어가."

"씨. 왜 네가 난리냐고. 이동화도 가만히 있는데!"

차현우는 동화가 화를 내지 않을 거라고 믿는 것 같았다. 이제까지 봐 온 동화라면 그렇다. 동화가 또 괜찮다고 하면 우리는 할 수 있는 게 없다. 손을 잡아주려면 상대방이 손바닥을 펴야 한다. 나는 손바닥을 활짝 펼쳐 보았다. 그동안 내 편이 없었다고 생각한 이유가 혼자 주먹을 꽉 쥐고 있어서 그럴지도 모른다는 생각이 들었다.

"넌 갑자기 왜 손금을 보고 그러냐."

뒤돌아보니 또 머리카락을 앞으로 넘기고 고개를 숙인 나드림이었다. 익숙해지고 싶어도 도무지 익숙해지지 않는 등장이다.

"아, 깜짝이야. 넌 뒤에서 등장하는 게 취미냐? 네가 무슨 공포 영화 주인공이냐고!"

"주인공이 아니라 감독이라니까. 주인공은 저기 있잖아. 이동화."

히어로 같은 대사를 날린 동화는 다시 움츠려 있었다. 근거 없는 당당함도 전염되나 보다. 어쩐지 무서움이 없어진 나는 동화에게 다가가 동화 등을 힘껏 때렸다.

퍼억.

지잉.

손바닥이 울렸다. 뜨거운 느낌이 손바닥을 타고 심장까지 올라왔다.

"이동화! 우리가 여기 왜 왔는지 알지? 그러니까 너 하고 싶은 대로 해."

내 말이 끝나자마자 동화가 차현우에게 쿵쿵 걸어갔다.

"나, 예전에 친구 때려서 친구가 크게 다친 적이 있어. 그래서 그때부터는 절대 화를 내지 않아. 내 주먹이 내가 감당할 수 없을 만큼 강하다는 걸 알거든."

내가 지금 그런 애 등짝을 때린 건가.

망했다.

"차현우, 네가 내 체육복을 가져가 버리고, 가방에 쓰레기를 넣어 놓고, 교과서도 엉망으로 만들었잖아."

하지만 차현우는 끝까지 발뺌할 모양이었다.

"나 아니라니까. 증거도 없으면서 이러는 거 학폭이야. 여럿이서 한 사람 괴롭히는 거라고."

이번에는 내가 나설 차례다.

"넌 할 말이 학폭밖에 없냐? 좋아. 증거 있어."

"증거? 무슨 증거?"

억울하다는 듯 소리를 높이던 차현우가 증거라는 말에 당황한 듯 말을 더듬었다.

"네 가방에서 동화 체육복 꺼내는 거 나도 봤어. 편의점 앞에서."

현우가 어이없다는 듯 고개를 돌리며 피식 웃었다.

"같은 1조라고 너희끼리 짜고 그러는 거잖아. 그걸 누가 믿냐고."

아. 증거라는 게 이렇게 어려운 거였다니. 왜 더 치밀하지 못했을까? 사진이라도 찍어야 했는데. 물론 다시 그때로 돌아간다고 해도 못 했을 거다. 그때의 난 나를 지키기에도 바빴으니까.

탄식이 나오려는 순간, 나드림이 이제야 자신의 역할을 찾았다는 듯 앞으로 나섰다.

"난 어제 밤새 네 인스타를 뒤졌어. 그런데 네가 공유한 영상 중에 동화 영상과 비슷한 방법으로 만든 합성 영상이 있더라. 영상을 만드는 사람은 습관이라는 게 있거든. 난 그 영상 주인이 동화 영상 올린 것 같은 의심이 드는데. 아니, 확신이라고 해야 할 듯. 그 계정 네 부계정 아냐?"

"얼마든지 의심해. 난 아니니까."

"실마리를 찾았으니 누군지도 곧 찾아낼 거야. 차현우, 때로는 잘못을 인정하는 게 가장 빠른 길일 수 있어. 일이 더 커지기 전에 솔직히 말하는 게 좋을 거야."

"이런 걸 호미로 막을 걸 가래로 막는다고 하는 거지."

내 말에 나드림이 소리 없이 입 모양으로 '오' 했다. 하지만 차현우는 끝까지 입을 꾹 다물고 가만히 서 있었다. 고집스러운 표정은 뻔뻔할 정도로 단호했다.

그러자 동화가 결심한 듯 차현우 앞으로 바싹 다가섰다. 우리들의 공세에는 끝까지 버티고 서 있던 차현우가 그제야 한 걸음 뒤로 물러섰다.

"차현우, 너 그동안 나한테 한 거, 왜 그런 건지 알아. 그래서 참은 것도 있어. 하지만 앞으로도 내가 참을 거라는 기대는 하지 마. 나를 위해서 그러지 않기로 했으니까."

도무지 차현우가 입을 열 것 같지 않자, 동화가 가자며 우리를 잡아끌었다. 길가에 차현우를 남겨 두고 우리는 모두 동시에 뒤돌아 학원가를 떠났다. 영화 속에 등장하는 어벤져스처럼, 진짜 한 팀이 된 듯한 기분을 느끼며.

곧바로 도착한 지하철을 타자마자 동화가 한숨을 크게 내쉬었다. 잔뜩 화가 난 표정이었다. 화를 잘 못 낸다더니. 화를 못 내는 게 아니라 화나서 친구를 때리면 다칠까 봐 그랬던 거였다니. 난 그것도 모르고 동화 앞에서 빈정대며 찌질하다는 말까지 해 버렸다.

바보 같은 강루이. 지금이 마지막 기회다. 사과는 타이밍이 중요하다.

"미안해. 난 그런 사정이 있는 줄도 모르고…… 너한테 한 말 너무 심했던 것 같아. 예전이면 초등학교 때 일이야? 친구가 크게 다쳤다는 거 말이야."

동화의 주먹이 무서워서 사과하는 건 아니다. 어쨌든 내 마음을 전해야 할 것 같은 생각이 들어서다. 그동안 그 말을 한 게 마음에 많이 걸렸었다.

사실 요즘은 밤마다 악몽처럼 떠오르던 기억 대신 동화에 대한 생각을 더 많이 했다. 아니, 우리들에 대한 생각이라고 해야 하나.

그런데 동화는 내 말에 대답하지 않고 딴소리를 했다.

"두근거려서 혼났어. 드림아, 내 연기 어땠어?"

"완전 쩔었어. 아까 차현우 좀 쪼는 거 같던데? 목이 자라처럼 쏙 들어가는 게."

"배우들이 왜 연기를 하는지 알겠어. 그 말을 하는데 진짜 내가 옛날에 애들을 막 때리고 다니는 힘센 애가 된 기분이었어. 좀 시원하더라."

내가 지금 동화한테 속은 건가? 동화의 말이 장난인지 진담인지 헷갈렸다.

"잠깐만. 그럼 너 아까 했던 말 거짓말이었어?"

"누가 거짓말이래? 진짜일 수도 있지. 아직 안 때려 봤으니까 모르는 거잖아."

아무래도 근거 없는 당당함이 나뿐만 아니라 동화에게도 전염된 것 같다. 몇 뼘 떨어져 앉아 있던 미소가 동화의 어깨를 어색하게 쿡쿡 찔렀다.

"그런데 동화 넌 어떻게 알고 여기에 온 거야? 학교도 안 나오고 계속 내 전화도 안 받았잖아."

"아, 루이한테 들었어."

동화가 나를 보며 머리를 긁적였다. 지하철을 타기 전 나

> 미래의 모습을 바꿀 수 있는 건 너밖에 없다고 그랬잖아. 내 생각에는 지금이 그 순간인 거 같아. 나도 맞서는 게 무서워서 도망쳐 봤거든. 도망치면 바뀌는 건 아무것도 없더라. 우리는 지금 차현우한테 가는 중. 누리 중학교 앞으로.

는 동화에게 메시지를 보냈다.

"미소 너도, 드림이, 하리, 루이까지도 나를 위해 나서는데 나만 가만히 있는 게 갑자기 창피하더라고. 내가 그동안 얼마나 춤 연습을 열심히 했는데. 누구도 내가 좋아하는 걸 무시할 권리는 없어. 그리고 미소 네가 차현우를 만난다는데 어떻게 안 와."

마지막 동화의 말에 미소가 부끄러운 듯 입술을 말아 깨물었다. 퍼지는 달달한 분위기에 하리가 못 참겠다는 듯 끼어들었다.

"잠깐, 여기서 질문 하나 해도 될까? 아까 동화가 이상한

말을 했거든. 차현우가 동화 괴롭힌 이유를 알고 있다는 말. 지금 분위기를 보면서 든 생각인데. 설마 차현우가 동화 괴롭힌 이유가 미소 때문이야?"

미소가 고개를 끄덕였다.

"차현우가 나한테 고백했었는데, 나 좋아하는 사람 따로 있다고 했거든."

"그러니까 그 좋아하는 사람이 지금 옆에 있는 사람이고?"

미소가 보일 듯 말 듯 다시 고개를 끄덕였다.

"넌 이렇게 중요한 사실을 왜 나한테 말 안 한 거야? 유미소, 넌 이따가 나랑 아주 깊은 얘기를 해야겠어. 그래서 동화 너는? 너는 어떤데?"

발을 동동 구르며 호들갑스럽게 계속되는 하리의 질문에 동화가 갑자기 벌떡 일어나 반대편 자리로 도망갔다. 미소는 입술을 쭉 내민 채 하리에게 하지 말라고 고개를 저었다. 속삭이듯 말했지만, 다 들렸다. 동화한테 이미 고백했다 차인 지 한참 되었다고. 창피해서 말하지 못했다고.

짜증나게 달달한 분위기 속에서도 나드림은 이미 모든 걸 알고 있었던 듯, 전혀 놀라지 않고 생각하는 동상처럼 앉은 채 중얼거렸다.

"진짜 범인이 차현우가 아닐 수도 있다는 생각이 들어. 그럼 도대체 범인은 누구일까? 우리 반 학생이 아니면서, 우리 반 단톡방에서 영상을 본 누군가가 또 있다는 말이잖아."

"내 생각에는 그 사람 브이 팬인 거 같아."

반대편에 앉아 있던 동화가 조심스럽게 말을 꺼냈다.

"브이 팬이 그랬다고?"

"응. 사실은 나한테 디엠도 왔었어. 브이 춤추지 말라더라. 내 춤은 브이 노래에 대한 모욕이라고 말이야."

"말도 안 돼. 그런 사람은 브이 팬도 아니야. 그 사람이야말로 브이 팬의 모욕이지!"

"그 사람이 우리 반에 있다고 생각하니까, 반에 있는 모든 애들이 다 미워 보일 것 같아서 학교에 갈 수가 없었어."

그럼에도 다시 웃으려고 노력하는 동화는 누구보다 단단해 보였다. 덩치가 아니라, 자신을 스스로 지키려는 힘이 말이다.

그 모습을 지켜보다 그 계정에 다시 디엠을 보냈다. 사실은 그동안 몇 번이나 보냈다. 마치 그 녀석이 듣고 있는 것처럼, 내가 하지 못했던 말들을. 하지만 한 번도 답변이 온 적은 없었다.

    이제 더 이상 메시지는 보내지 않을 생각이다.

> 네가 만든 가짜에 흔들리지 않아.
> 가짜는 아무 힘이 없으니까.

이 디엠을 마지막으로.

따뜻한 손은 힘이 세다

친구들과 헤어지고 혼자 걷는 길이 오늘따라 멀게만 느껴졌다. 집에 도착하니 아무도 없었다. 텅 빈 거실 안에서 시곗바늘이 똑딱거리는 소리만큼 내 심장도 큰 소리로 뛰었다.

혼자 있을 때는 모래시계에 모래가 떨어지는 것처럼 시간이 느리게 간다. 그리고 파도가 밀려오듯 숨겨 둔 기억들이 가까이 밀려온다. 시간을 되돌려 그때로 돌아가 못 한 일을 할 수는 없다. 이미 지나가 버렸으니까. 하지만 멈춘 내 시간을 다시 흐르게 할 수는 있다. 나는 미래의 내가 여전히 악몽과 두려움의 그림자 아래에서 떨고 있기를 원하지 않는다. 그리고 미래의 내 모습을 결정할 수 있는 건 현재의 나밖에 없다. 지금이 바로 그 타이밍이다.

생각의 끝에서 나는 핸드폰을 집어 들었다.

> 엄마, 나 한국 돌아오자고 했던 거. 나를 여자로 만든 합성 사진이 퍼져서 그랬어. 거기 있는 게 끔찍하게 싫어서 그랬어. 미안해. 나 때문에 엄마, 아빠 꿈 포기하고 돌아오게 해서. 강한 아들이 아니라서.

문자 뒤에는 사진을 첨부했다. 컴퓨터가 만들어 낸 가짜. 나와 닮았을 뿐 내가 아닌 그 사진은 이제 무섭지 않다. 똥이라고 단호하게 말하던 친구들의 얼굴을 떠올리며 문자 전송 버튼을 눌렀다.

문자를 보내고 얼마 지나지 않아 전화벨이 울렸다.

"강루이, 어디야?"

엄마의 목소리는 평소와 다르지 않았다.

"집."

"그래. 엄마 곧 들어갈게. 간식 먹고 있어."

"어?"

"왜? 더 할 말 있어?"

"그게 아니라…… 엄마, 놀라지 않았어? 화 안 내?"

"화는 무슨. 드디어 말해서 속이 다 시원하다. 진짜."

"무슨 말이야. 엄마, 혹시 알고 있었어?"

"집에 가서 얘기하자."

전화를 끊은 지 얼마 되지 않아서 집에 도착한 엄마의 몸은 땀으로 젖어 있었다. 전화를 끊자마자 집까지 달려왔다고 했다. 엄마는 말없이 나를 끌어안았다. 엄마 품에 안긴 건 초등학교 때 이후로 처음인 것 같아 어색했지만 뿌리칠 수 없었다. 엄마의 팔이 너무 힘이 세서. 엄마의 딱딱한 팔뚝에서 느껴지는 단단함이 나를 지켜줄 것 같아서.

나는 엄마와 떨어지고 나서 물었다. 이상한 점이 너무 많았다.

"내가 한국 가자고 한 이유 알고 있었냐고."

"우리가 미국에서 한국으로 돌아오는 큰 결정을 아무것도 모르고 했을 것 같아? 너는 학교도 안 나가고 밥도 안 먹고 한국 가자고 드러누웠지. 이유를 물어도 대답도 안 하고 끙끙 앓고 있으니 속이 터지겠더라. 그래서 학교 찾아가서 다 알아봤었어. 증거도 수집해 놓고, 녹취도 해 놨고."

"그런데 왜 그때 말 안 했어?"

"네가 비밀로 하고 싶은 거 같아서. 그 상황에서 엄마, 아빠가 억지로 문제를 해결하려고 하는 건 너한테 더 상처일 것 같았으니까."

이상하게도 엄마의 그 말을 듣자 울음이 터졌다. 모든 걸 알면서 나를 믿고 기다리고 있었다는 게. 괜찮지 않았던 내 마음이, 단단하게 뭉쳐 있던 덩어리가 그 사실에 풀어지고 녹아내렸다.

어느새 엄마의 연락을 받은 아빠도 집으로 왔다. 온몸이 흙투성이인 지저분한 옷을 입은 채였다. 엄마는 내가 말을 했다는 건 이제 준비가 되었다는 뜻이라고 했다. 그리고 아빠가 오자마자 눈을 반짝이며 앞으로의 계획을 쏟아 냈다. 엄마는 당장이라도 미국에 갈 기세였다.

"내가 그랬지. 사진 만든 애, 퍼트린 애, 그거 가지고 장난 친 애들 루이가 준비되면 다시 돌아와서 처리하겠다고 말이야. 아마 다들 네가 언제 돌아오나 벌벌 떨고 있을걸. 루이야, 지금부터는 엄마만 믿어. 일단 비행기 티켓부터 알아봐야겠다."

"아니, 난 안 하고 싶어."

내 말에 엄마가 눈썹을 치켜올렸다. 하지만 내 결심은 더 단호해졌다. 나는 손바닥으로 눈가에 맺힌 눈물을 모두 닦아 냈다.

"나 미국으로 가고 싶은 마음 안 들어. 돌아와 보니까 알겠어. 나 한국에 있는 게 훨씬 더 좋아. 그 애들 혼내 주자고 돌아가고 싶지 않아."

엄마는 금붕어처럼 입만 뻐끔거렸다. 도대체 이해가 안 된다고도 했다. 눈에는 눈, 이에는 이라며 나를 설득했다. 엄마는 내 앞길에 대한 새로운 목표를 세웠지만, 나는 이제 정확히 알았다. 내 인생을 운전하는 건 나다. 방향키를 돌릴 수 있는 것도 나뿐이다.

"이제 그 사진은 나와 상관없는 일이 되어 버렸어. 아무것도 아닌 일, 바닥에 붙은 채로 말라 버린 똥이야."

"이야, 우리 루이 단호한 게 딱 엄마 아들이네."

아빠에게도 물어볼 말이 있다. 사진과 함께 아빠에 대한 미안한 마음도 꺼내 보고 싶었다.

"그런데 그래도 괜찮아? 아빠, 다시 미국 가고 싶은 거 아니야?"

"강루이, 아빠도 미국 안 가고 싶어."

"미국에서 물리치료사 하는 게 아빠 꿈이었잖아. 나 때문에 어쩔 수 없이 한국에 돌아온 거잖아. 나 그거 때문에 얼마나 미안했는데."

"그야 영어 공부할 때는 미국 물리치료사 자격증 따는 게 꿈이었지. 그러면 우리 가족이 행복할 것 같았고, 루이 너에게도 더 좋을 것 같아서 그게 꿈이라고 아빠 자신을 속였던 것 같아. 그런데 한국에 돌아와서 아빠의 진짜 꿈을 찾았어."

아빠의 말에 엄마가 무언가를 꺼내 왔다. 박스 한가득 담겨 있는 콜라비가 보였다. 지난번 들고 왔던 것보다 훨씬 더 많은 양이었다. 아빠는 두툼한 손으로 내 손을 잡았다. 손톱 사이사이 까만 때가 껴 있었다.

"아빠 요즘 농사 배운다."

"농사는 농부가 하는 거잖아."

"아빠는 농부 하면 안 돼?"

"안 되는 건 아니지만……."

아빠가 농사를 짓고 있는 모습이 잘 상상이 되지 않아 가만히 눈만 깜빡거렸다.

"예전부터 관심 있었는데 바쁘게 지내느라 잊고 있었지. 사실 잊고 있었다는 건 거짓말이고, 아빠도 인정하지 못했어. 번듯한 직장 놔두고 갑자기 무슨 농사냐고 사람들이 손가락질할 것 같았거든. 엄마도 무섭고."

아빠의 말에 엄마가 아빠에게 헤드락을 걸었다. 장난스럽게 캑캑거리던 아빠가 내 머리를 헝클어뜨리며 말을 이었다.

"한국에 다시 돌아오고 새롭게 시작하겠다고 생각하니 이왕이면 해 보고 싶었던 걸 하면 어떨까 생각이 들었어. 그래서 용기를 냈지."

"아빠도 용기가 필요해?"

"그럼, 용기는 누구에게나 필요하지. 가지 않은 길은 누구나 무섭고, 걱정되는 법이거든. 그런데 씩씩한 루이를 보면서 아빠도 용기를 냈어."

"내가? 난 그런 적이 없는데."

"많이 힘들었을 텐데 잘 이겨냈잖아. 아빠는 너에게 스스로 일어날 힘이 있다고 믿었어. 이것 봐. 넌 정말 강한 아이잖아."

아빠의 말에 다시 눌러 뒀던 눈물이 났다. 아빠는 나와 완전히 반대로 생각하고 있었다. 나는 아빠가 나 때문에 꿈을 포기했다고 생각했는데 아빠는 내 덕분에 꿈을 찾았다고 말한다.

"그럼 아빠 요즘 계속 바빴던 게 농사 배우러 다니느라였어?"

커다란 곰 같은 손으로 밭에 물을 주고, 거름을 뿌리고, 채소를 수확하는 아빠 모습을 상상하니 웃음이 났다. 농부라니. 생각보다 아빠에게 정말 잘 어울리는 꿈이라는 생각이 들었다. 울퉁불퉁하지만 따뜻하고, 다정한 손길을 가진 아빠.

"응. 병원에서 일하면서 오후에는 도시농부학교에서 농사 배워 보려고. 그리고 말이야. 한국에 오니까 어찌나 행복한지 한국에 돌아오길 참 잘했다 싶어. 미국에서는 입맛이 하나도 없었거든."

"나도 미국에 있을 때 점심시간이 제일 싫었어."

"그런 의미에서 우리 오늘은 거하게 한식 먹으러 나갈까?"

"응! 생선구이랑 제육볶음이랑 청국장 찌개 나오는 식당. 거기 가자!"

아빠가 한쪽 눈을 찡그리며 환하게 웃었다. 맞다. 아빠와 나는 웃는 모습이 똑같다. 지구 반대편에 떨어트려 놔도 찾을 수 있을 거라고 할머니가 그랬었다.

체다 치즈와 브리 치즈를 올린 피자를 제일 좋아하는 엄마가 이마를 두 손으로 짚으며 한숨을 내쉬었다.

"둘 다 어디 가서 절대 미국 음식 안 맞아서 한국 왔다는 말 하지 마. 창피하니까. 알았어?"

내가 웃자, 엄마와 아빠가 동시에 내 손을 잡고 쓰다듬었다. 따뜻한 손은 힘이 세다. 손을 잡는 것만으로도 무서움과 걱정이 눈 녹듯이 사라지니까.

나를 끈질기게 괴롭히던 악몽은 사라졌지만, 정작 중요한 사건 수사에는 진척이 없었다. 인스타를 뒤지고, 탐문 수사를 해 봐도 더 이상의 정보는 없었다. 그사이 세화는 동화에게 사과했다. 체육복을 깨끗하게 빨아 동화에게 돌려주었다. 그동안 차현우가 그러는 걸 알면서도 모른 척했다고, 무언가를 할 용기가 없었다고 고백했다. 동화는 세화의 사과를 받아 주었다. 미소는 그냥 넘어가면 안 된다고 동화에게 말했지만, 동화는 그저 웃기만 했다. 하지만 예전처럼 바보 같은 웃음은 아니었다.

차현우는 계속 연락이 없었다. 동화는 계속 고민만 하고 있었다. 세화까지도 증인이 되어 주겠다고 말했지만, 학폭 신고를 하라고 말해도 망설이기만 했다. 우리는 모두 동화의 마음을 존중해 줘야 한다는 걸 알았다. 방향키는 오직 동화만 돌릴 수 있으니까 말이다.

"그 범인이 언제 또 다른 사람 영상을 제작해서 퍼트릴지 몰라. 우리 다시 한번 경찰서에 가 보는 건 어때?"

꿈이 여러 개라 하나만 고를 수 없다며 무려 여섯 개의 꿈을 준비한 장하리의 마지막 영상까지 모두 촬영한 후, 우리는 편의점 파라솔에 모여 앉아 아이스크림을 먹었다. 며칠간 우리의 주제는 범인은 누구인가였고, 단단하게 묶여 풀리지 않는 매듭을 붙잡고 제자리에서만 빙빙 돌고 있었다.

"내가 좀 더 정확한 증거를 찾았으면 좋았을 텐데. 경찰이 수사해 주지 않는 이상 우리 힘으로 그 계정 주인이 누군지 알아내는 건 어려운 일인 거 같아."

나드림의 말에 동화가 괜찮다는 듯 나드림 어깨를 툭툭 쳤다. 그러자 나드림이 동화의 목에 어깨동무하며 장난을 쳤다. 그러니까 오른팔로. 그러고 보니 두 달은 해야 한다던 깁스가 보이지 않았다. 내 눈빛에 나드림이 무슨 말인지 알겠다는 듯 혓바닥을 쏙 내밀었다.

"내 괴물 같은 회복력으로 며칠 만에 다 나았어. 진짜야. 의사 선생님도 놀라더라고. 아무튼 팔 다친 덕분에 궁금한 강루이에 대해 알 수 있었지. 이런 게 바로 전화위복 아니겠냐."

능청스럽게 말하는 나드림의 눈빛이 얄밉지 않았다. 내가 궁금했다니, 조금 기분이 좋았다. 그런 내 마음을 들킬까 봐 나는 얼른 다른 이야기를 꺼냈다.

"혹시 우리가 생각 못 한 다른 게 있는 건 아닐까? 우리 반 단톡방에서 퍼진 거니까 우리 반이라고만 생각했는데, 그게 아닐지도 모르잖아."

"그러니까…… 그게 뭔지 모르니까 답답한 거지."

그때였다. 한숨을 내쉬며 카톡방을 살펴보던 나드림이 비명 같은 소리를 내며 벌떡 일어났다.

"처음부터 단톡방 인원이 한 명 더 많았어!"

"뭐? 그게 무슨 말이야?"

드림이의 말에 우리 반 단톡방을 다시 확인했다. 우리 반은 1학기 때는 25명, 2학기에 내가 전학 오면서 26명이 되었다. 그리고 차현우가 우리 눈앞에서 단톡방을 나갔으니 다시 25명이어야 한다. 그런데 여전히 반 톡 전체 인원은 26명이다.

"단톡방 만들 때 모르는 사람 초대한 적 있어?"

드림이의 질문에 미소가 고개를 저었다.

"처음에 번호 아는 애들을 내가 초대하긴 했는데. 연락처 없는 애들은 서로 초대하기도 했어. 모르는 사람이 들어왔다 나간 적도 있었고. 사실 제대로 확인해 본 적은 없었어."

중요한 건 누군가 한 명, 우리 반도 아닌, 차현우도 아닌 사람이 단톡방에 있다는 말이었다. 만약 그 사람이 범인이라면 우리 반 단톡방에서 영상을 봤으면서 수업 시간이 아닌 시간에 영상을 올릴 수도 있었던 게 모두 설명이 된다. 그리고 아직 범인이 단톡방에 남아 있다.

절대 놓쳐서는 안 된다. 섣불리 움직였다가 범인이 나가 버리기라도 하면 큰일이니까. 적을 잡으려면 누구보다 완벽하게 속여야 한다. 범인을 잡을 수 있을지 모른다고 생각하니 심장이 두방망이질했다. 어떻게든 범인을 잡고 싶은 마음은 어쩌면 내가 동화보다 큰지도 모른다.

그 순간 거짓말처럼 머릿속에서 하나의 시나리오가 떠

올랐다.

"얘들아, 범인을 끌어내기 위한 좋은 생각이 떠올랐어. 감독과 배우, 대본, 영상 편집자가 필요한데, 여기 다 있네."

무슨 말이냐는 듯 아이들의 눈빛이 나에게 쏠렸다.

유인 작전

잠시 뒤, 사진 하나가 우리 반 단톡방에 올라왔다.

헐, 대박! 강루이가 브이 사촌 동생이래!

강루이와 브이가 나란히 어깨동무하고 찍은 사진이었다. 브이는 강루이가 귀엽다는 듯 강루이를 쳐다보고 있었는데 그 모습이 무척 자연스러웠다.

어쩐지 강루이 처음에 전학 왔을 때
브이랑 닮았다고 우리가 다 그랬잖아.

> 브이가 되게 이뻐하는 조카 있다고 했거든. 그 조카가 설마?

> 내가 물어봤을 때는 아니라고 그랬는데.

아이들의 관심도가 최고로 올랐을 때, 내가 등장했다.

> 아, 내가 너만 보라고 했잖아. 유미소, 퍼트리면 어떻게 해.

> 미안해. 내가 브이 팬인 거 알잖아. 이 사진 보고 가만히 있을 수가 없었어. 나 브이 님 한 번만 만나게 해 줘라. 루이야, 응?

> 나도 끼워 줘. 제발!

> 나도! 해 달라는 거 다 해 줄게!

> 안 그래도 이따가 브이 형이 이번에 새로 나온 포토 앨범 준다고 해서 만나기는 할 건데. 한번 물어볼게.

대화방은 순식간에 난리가 났다. 나는 적당하게 몇 분 정도 시간을 끈 후 결정적인 한마디를 날렸다.

> 형이 괜찮다고 친구들 데려오래. 대신 다른 반 애들은 절대 안 돼. 소문나면 곤란해지니까. 댄스 학원 1층 편의점으로 와. 선착순 세 명만 사진 찍어 준대.

> 그 댄스 학원이 혹시 브이 연습생 시절에 다니던 데야?

> 응. 맞아.

> 감사합니다. 강루이 님. 이제까지 못 알아봐서 죄송합니다.

"정말 범인이 나올까?"

"동화한테 악플을 보낼 정도로 극성 팬이라면 브이를 만날 수 있는 기회라는 데 제일 먼저 오겠지. 분명히 올 거야. 우리도 얼른 가서 기다리자."

우리는 댄스 학원 1층 편의점이 가장 잘 보이는 맞은편 카페에 자리를 잡았다. 우리 반이 아니면서 우리 반 단톡방에 들어와 있는 범인이 도대체 누구일지, 진짜로 우리 힘으로 범인을 잡게 될지도 모른다는 긴장감과 두려움이 함께 몰려왔다. 우리는 말없이 창밖만 응시했다.

30분이 안 되는 짧은 시간에 모인 아이들은 여섯 명이었다. 모두 우리 반이었다. 하지만 우리가 기다리는 사람은 이 사실을 알고 있는, 우리 반이 아닌 단 한 사람이다.

유미소와 나드림은 편의점 앞에 도착한 우리 반 아이들을 한 명씩 데려가 사정을 설명하고 사과하는 역할을 맡았다. 투덜대던 아이들도 동화를 위한 일이라는 말에 모두 고개를 끄덕이고 돌아갔다. 미소가 눈물을 머금고 소중한 브이 굿즈를 나누어 준 덕도 있었다.

"잠깐 서기, 좀 수상한데?"

모자를 푹 눌러쓰고 마스크까지 착용한 여자가 편의점 문 앞에서 들어가지 않은 채 기웃대고 있었다. 손에는 선물 꾸러미로 보이는 커다란 쇼핑백을 든 채로. 그 모습을 본 미소가 자리에서 벌떡 일어났다.

"가방에 달린 저 키링! 브이 첫 번째 콘서트 기념으로 제작했던 한정판 굿즈야. 저 사람이 브이 덕후라는 완벽한 증거지."

동시에 같은 생각이 우리의 머릿속을 스쳤다. 잡아야 한다.

그때였다. 웅성거리며 평소보다 많은 사람들이 편의점 근처로 모여들었다. 편의점 앞에 모인 사람들이 목소리를 높이며 브이 노래를 떼창 하기 시작했다.

불길한 예감에 재빨리 인스타에 들어갔다. 나와 브이가 함께 찍은 사진이 어느새 인스타에 공유되어 있었다. 예상하지 못한 건 아니지만, 이렇게 빨리 퍼질 줄이야. 꼭 비밀로 해 달라는 부탁에도 불구하고 누군가 정보를 퍼트렸다. 계정 주인은 유원중 2학년으로 보였는데, 우리 반 누군가가 아는 사람한테 공유한 정보가 흘러 들어간 것 같았다. 어느새 댓글이 수백 개가 달려 있었다.

> 브이 게릴라 팬미팅 정보! 유원 중학교 1학년 학생이 브이의 조카로 밝혀진 가운데 조카 친구들에게 내일 발매를 앞둔 최신 앨범 사인본을 증정한다고 함.
>
> ---
>
> ㄴ 헐, 진짜? 얘가 브이 조카? 잘생겼네.

> ㄴ 완전 닮았네. 피는 못 속임.
> ㄴ 나도 가도 되는 건가?
> ㄴ 유원중 1-2반 애들 선착순 세 명만 만나 준다고 함. 조카 버프. 개부럽
> ㄴ 팬이면 같은 팬이지. 어이없음.
> ㄴ 그래도 가면 브이는 볼 수 있는 거 아님?
> ㄴ 브이 연습생 시절에 다니던 댄스 학원 1층 편의점에서 만난다고 함. 일단 ㄱㄱ

사람들이 몰려들자, 우리뿐만 아니라 그 여자도 당황한 표정이었다. 안 되겠다 싶었는지 그대로 편의점 앞을 벗어나 다른 골목 쪽으로 들어가 버렸다.

"도밍기면 안 돼. 쫓아가자!"

말하는 순간, 누군가가 내 앞으로 다가왔다. 험악한 인상의 한 남자였다.

"너냐? 브이 조카가."

"네? 아니. 네."

남자가 다짜고짜 내 손목을 낚아챘다.

"넌, 나 좀 보자."

남자가 내 손목을 잡아끄는 것과 동시에 내 옆에 있던 친구들이 경찰에 신고하겠다고 소리를 질렀다. 당황한 남자가 얼른 내 손목을 놓으며 잠깐 물어볼 말이 있으니 시간을 좀 내달라고 정중하게 다시 부탁했다.

오늘 올린 브이의 사진과 관련된 이야기를 해야 한다는 말에 결국 우리는 근처의 다른 카페로 이동해 이야기 나누기로 했다.

먹고 싶은 건 마음대로 시키라는 말에 잠깐 고민했지만, 간단하게 아이스티를 한 잔씩만 주문한 다음 조금이라도 건들면 가만두지 않겠다는 듯 모두 함께 아저씨를 쏘아보았다.

뜨거운 커피를 후후 불며 뜸을 들이던 아저씨가 헛기침하며 낮은 목소리로 말을 꺼냈다.

"딱 보니까 알겠더라고. 브이 조카라고 올라온 사진을 봤거든."

이 아저씨는 정말 내가 브이 조카라고 생각하고 온 걸까? 그래서 이렇게 음료수를 사 주고 브이를 만나게 해 달라고 부탁하는 거라는 데까지 생각이 미쳤다.

하아. 죄 없는 브이 팬에게 실망감을 안겨 줘야 한다는 사실에 죄책감이 들었다. 그저 우리 반 단톡방에 사진 한 장 올렸을 뿐인데 이렇게 빨리 소문이 퍼지고 나를 찾아오는 사람이 생길 줄이야. 어떻게 설명해야 할지 고민하며 아이스티를 한입에 쭉 빨아 마셨다. 머리끝까지 쩡하고 울리는 시원함에 정신이 번쩍 들었다.

"죄송해요. 저 사실 브이 조카 아니에요."

아저씨는 그저 뚫어지게 나만 쳐다봤다. 실망이 큰 것 같았다.

"그러니까 사진은 가짜다?"

"네. 사정이 있어서 올린 건데 이렇게 피해자가 생길 줄은 몰랐어요. 죄송합니다."

옆에서 미소가 부스럭거리며 가방에서 포토 카드 한 장을 꺼냈다.

"아저씨도 '브브'죠? 브이러브. 오빠 팬층이 다양한 건 알았지만 이렇게 나이 든 아저씨…… 아니, 삼촌들한테도 인기 있는지 몰랐어요. 이거 제가 진짜 어렵게 구한 포카인데 드릴게요. 많이 기대하고 오셨을 텐데 죄송합니다. 저희가 진짜 사정이 있어서 그랬어요."

아저씨는 미소가 내민 사진을 뚫어지게 보더니 또다시

헛웃음을 지었다.

"이것도 합성이고만. 브이는 핑크색으로 머리 염색한 적 한 번도 없는데."

"네?"

어리둥절한 우리를 향해 아저씨가 상체를 바짝 기울이며 테이블을 툭툭 쳤다.

"요즘 브이가 그런 것들 때문에 피해를 많이 보고 있어. 브이 팬이라니, 최근에 브이와 연인이라고 주장하며 수십 장의 합성 사진과 영상을 퍼트린 범인을 경찰이 수사하고 있는 건 알지? 그러던 차에 또 브이를 가지고 장난쳤다는 제보를 받고 혼내 줘야겠다고 생각하고 온 거다. 브이 조카라니, 브이 조카는 아직 세 살이란 말이다. 요 녀석들아."

미소도 그 정보까지는 몰랐다며 놀란 표정을 지었다.

"그런데 아저씨는 누군데요? 어떻게 그런 걸 다 알아요? 혹시 브이 스토커예요?"

장하리의 질문에 아저씨가 기다렸다는 듯 주름을 지으며 하회탈처럼 웃었다.

"스토커 같은, 브이 매니저."

옆에서 미소가 급하게 브이의 유튜브 계정에 들어가 무

언가를 확인하더니 브이 일상 브이로그에 스치듯 나왔던 매니저 얼굴이 맞는 것 같다고 속삭였다. 머리끝에서 발끝까지 식은땀이 흐르는 기분이었다.

"일단 합성 사진 만들어서 유포했다는 사실 확인했으니, 너희들도 혼 좀 나야겠다. 경찰서 갈 수도 있어. 이번에는 제대로 혼내 주기로 마음먹었거든."

경찰서라니. 경찰서에 갈 사람은 우리가 아니라, 그 사람인데!

"저희도 다 사정이 있었어요. 저희 얘기를 먼저 들어주세요."

우리 다섯 명은 절박한 마음으로 아저씨에게 매달렸다.

정신을 바짝 차리고 모든 정황을 차례차례 이야기했다. 자꾸 혓바닥이 꼬였다. 내가 이야기하다가 막히면 장하리가, 또 유미소가, 그다음은 나드림이 이어받았다. 마지막으로 동화가 자신의 핸드폰에 저장한 동화의 합성 영상을 틀어 아저씨에게 보여 줬다. 합성된 동화의 영상을 볼 때는 모두가 숨을 죽였다.

"그래서 저희가 너무 화가 나서, 이 영상 제작한 범인을 찾고 싶어서요. 그래서 범인을 유인하기 위한 방법을 생각한 거죠. 정말 기가 막힌 방법이죠?"

"그러니까 너희는 피해자다?"

우리는 동시에 고개를 끄덕였다.

"이 영상 보니까 무슨 말인지 알 거 같다. 브이 얼굴이랑 합성해 둔 영상. 나도 브이 합성 영상 모으다가 본 적 있거든."

아저씨가 어디론가 전화를 걸었다. "올라와도 돼"라고 짧게 말한 아저씨가 전화를 끊고 커피를 사이다처럼 쭈욱 들이켰다.

잠시 뒤, 화장실에 다녀오던 미소가 우리 테이블 옆에서 비명을 질렀다.

"브이 오빠!"

미소가 키가 크고 검정 마스크로 얼굴을 가린 한 남자와 마주 보고 있었다.

진짜 브이

 브이가 물끄러미 우리를 보다가 토마토 주스를 한 모금 쭉 마셨다. 브이는 커피와 탄산음료를 마시지 않는다고 미소가 속삭였다. 속삭였지만 다 들리는 게 문제였다. 브이가 몸에 좋지 않아서라고 짧게 대답했다.
 처음에는 신기했지만, 브이와 매니저 아저씨의 침묵이 이어지자 불안한 마음이 들었다. 어쨌든 브이의 사진을 이용해 거짓말을 했고, 눈앞에 브이가 있다. 가만히 앉아 있기 힘들 정도로 마음이 불편하고 무서웠다.
 매니저 아저씨는 우리가 이야기한 사건의 전후를 압축해 브이에게 전달했다. 모든 이야기를 들은 브이가 내뱉은 말은 충격적이었다.

"내 사진을 다른 사람 몸에 합성한 영상이나, 진짜 내 조카가 아닌데 조카를 사칭하기 위해 만든 사진이나 나한테는 똑같이 내 동의 없이 마음대로 제작한 합성물인데 누가 피해자라는 거죠?"

맞는 말이다. 브이의 말대로 다른 사람의 사진을 내 맘대로 이용했다는 점에서 범인과 다를 것 없었다. 그 사실을 너무 늦게 깨달았다. 할 말이 없었다.

"맞아요. 제가 잘못 생각했어요. 범인을 잡고 싶다는 생각에 마음이 급했어요. 정말 죄송합니다. 벌을 받아야 한다면 저 혼자 받을게요."

나는 차분히 대답했다. 시나리오를 만든 건 나니까 모든 건 내가 책임져야 한다. 그런데 내 말이 끝나기도 전에 옆에 앉아 있던 동화가 끼어들었다.

"저야말로 이 모든 일이 생기게 만든 사람이에요. 루이는 저 때문에 그런 거예요. 어떻게든 범인 잡아주려고요. 그러니까 저만 혼내세요. 네?"

그러자 나드림이 자기 가슴을 탕탕 치며 나섰다. 이런 상황에서도 여전히 당당함을 잃지 않은 채로.

"제가 우리 팀 감독이라니까요. 모든 영상은 감독이 책임자인 거 아시죠? 저만 경찰서 갈게요."

"안 돼! 우리는 1조라고. 우리는 하나!"

장하리에 이어 마지막으로 나선 건 미소였다.

"사실 합성 사진을 진짜 편집한 건 저예요. 팬이면서 오빠가 제일 싫어하는 일을 한 건 저니까 저만 신고하세요."

브이 찐팬 미소가 매서운 겨울바람 앞에 선 작은 짐승처럼 몸을 떨었다. 좋아하는 가수를 이런 모습으로 만나게 될 줄 미소는 꿈에도 몰랐을 거다. 브이가 미소 핸드폰에 달린 브이 인형을 물끄러미 쳐다봤다. 때가 타서 반질반질해진, 초록색 털 인형을.

브이가 매니저를 향해 물었다.

"이거 어디서 많이 본 이야기 아닌가? 서로 자기가 잘못했다고 하는 이야기 말이야."

"그런가, 그런 옛날이야기가 있었던 거 같기도 하고."

"그 이야기 결말이 어떻게 되더라. 생각이 안 나네."

나는 마음속으로 간절하게 기도했다. 그 이야기의 결말이 해피엔딩이기를.

"어쨌든 감동스러워서 눈물이 다 나려고 하네. 그런데 맞는 것 같지? 이 아이디. 그 계정이랑 똑같네."

브이와 매니저 아저씨가 마주 보고 의미심장한 눈빛을 주고받았다.

그때 브이의 전화벨이 울렸다.

"네. 잘됐네요. 지금 가겠습니다. 그리고 부탁드릴 일이 하나 있는데, 가면서 다시 전화 드리겠습니다."

전화를 끊은 브이가 갑자기 동화를 돌아봤다.

"지금 경찰서 갈 건데. 이동화 군, 같이 좀 가 줘야겠네요."

우리는 모두 다 같이 벌떡 일어나 동화 주변을 감쌌다.

"저희도 같이 갈게요. 네?"

브이가 잠시 고민하더니 고개를 끄덕였다.

브이는 매니저 아저씨와 차를 타고 가 버렸다. 우리한테는 걸어서 오라고 했다. 그냥 도망가 버릴까 생각했지만, 이미 우리의 얼굴을 아는 이상 도망가도 소용없을 게 뻔했다.

"이왕 이렇게 된 거 어깨 펴고 가자. 사과하라면 사과하고 벌 받으라면 벌 받지 뭐. 아, 근데 엄마한테 혼날 건 좀 무섭네."

장하리의 말에 엄마가 떠올랐다. 경찰서에 간다고 하면 엄마는 무슨 표정을 지을까?

경찰서는 걸어서 20분 거리였지만 너무 짧게 느껴졌다.

경찰서에 도착하자 예전에 만났던 경찰관이 우리를 향해 손짓했다. 손짓에 따라 동화는 브이의 옆에 가서 앉았다.

"그런데 다른 사람들은 왜 줄줄이 따라왔어요. 여기가 놀이터인 줄 아나."

"저희 놀러 온 거 아니에요. 저는 합성 사진으로 범인을 유인하자고 아이디어를 제공했고, 유미소는 영상 편집, 그리고 장하리가 인스타에 올렸고요. 아, 팔로우가 얘가 제일 많아요. 나드림은 감독이고요."

우리는 오는 길에 자수를 하면 형량이 줄어든다는 정보를 검색했고, 모든 죄를 자백하기로 결심했다. 우리의 말에 경찰관이 헛웃음을 지었다. 그리고 구석에 놓여 있는 벤치 의자를 가리키며 가 앉으라고 했다.

"우리는 저 여자 다음으로 조사하려나 봐."

하리가 잔뜩 주눅 든 표정으로 여자를 흘끔거렸다. 브이 옆에는 처음 보지만 낯설지 않은 여자가 앉아 있었다. 아까 편의점 앞에서 수상하게 서성였던 바로 그 여자였다.

여자는 고개를 푹 숙인 채 같은 말만 반복했다.

"죄송해요. 한 번만 용서해 주세요."

도대체 무슨 잘못을 했길래 저렇게 용서를 구하는 걸까? 또 동화는 무슨 관련이 있어서 옆에 앉으라고 한 건지 의아했다. 동화의 입술이 달싹였다. 그런데 동화가 입을 열기도 전에 단호한 브이의 목소리가 들렸다.

"저는 분명 AI 커버 곡을 만들지 말아 달라고 했습니다. 제 채널을 통해 공식적으로 공지도 했어요. 계속 반복되면 분명하게 조치하겠다고. 제 팬이라면 그걸 모를 리가 없습니다."

"아!"

미소가 나지막하게 비명을 질렀다.

얼마 전부터 인터넷에 브이의 AI 커버 곡 모음 영상이 퍼졌었다. AI 커버 곡은 인공지능을 사용하여 기존 노래의 목소리를 다른 가수의 목소리로 바꾸는 기술이다. 댄스 가수인 브이의 AI 커버 곡에는 발라드, 동요, 심지어 트로트까지 있다. 브이는 저작권 문제 등을 이유로 AI 커버 영상 중단 요청을 했지만, 얼마 전 수백 개의 곡을 AI 커버 영상으로 제작한 영상이 퍼져 팬들 사이에서도 갑론을박이 이어졌었다. 다양한 노래를 원하는 팬의 권리라며 공인으로서 감당해야 할 부분이라는 사람도 있었다. 그때 미소는 브이의 의사를 존중해야 하므로 그 영상들은 보지도 공유하지도 말아야 한다고 열변을 토했었다.

"저 진짜 팬이에요. 그저 오빠 목소리로 다양한 노래를 듣고 싶어서 만든 것뿐이라고요."

브이는 가만히 여자를 응시했다. 차가운 눈빛에 여자는 브이와 눈도 마주치지 못했다.

"그 목소리는 제 목소리가 아니죠. 지금 목소리는 수없이 좌절했지만, 포기하지 않고 연습해서 만들어 낸 목소리입니다. 그런데 제가 부르지도 않은 제 목소리를 들을 때마다, 그런 노력이 아무 의미 없다는 생각에 힘듭니다. 내가 왜 노래하는지, 이제는 노래하는 게 다 무슨 소용일까 하는 생각마저 든다고요."

화가 난 듯 목소리를 높인 브이의 말에 여자는 아무 말도 하지 못했다. 경찰서 안에는 경찰관이 기록하는 컴퓨터 타자 소리만 계속해서 울렸다.

"처음에는 그냥 넘어가려고 했지만, 얼마 전에 제 합성 영상도 유포하셨죠? 저랑 찍은 것처럼 합성한 사진, 영상도 모자라 악성 댓글도 수백 건 올린 걸 확인했습니다. 아이디 몇 개로 돌려가면서 반복적으로 올린 정황을 찾아냈어요."

"그건 좋아해서 그런 거잖아요!"

갑자기 여자가 돌변한 모습으로 소리를 질렀다.

"내가 하루 종일 만들었는데! 더 그럴듯하게, 진짜같이! 오빠랑 같이 있고 싶은 마음에 만든 영상인데 이게 왜 문제라는 거냐고!"

그러자 침묵을 지키던 경찰관이 베일 듯 차가운 목소리로 여자를 향해 말했다.

"사건의 심각성을 모르나 본데, 당신이 한 일은 단순한 합성이 아니라 법적으로 명백한 인격권 침해입니다. 명예훼손죄, 허위사실 유포죄, 특히 성적 수치심을 유발하는 영상을 만들어서 퍼트렸으니 성폭력범죄의 처벌 등에 관한 특례법에 해당해서 형사처벌 가능한 범죄입니다."

경찰의 말에 여자가 얼굴을 감싸 쥐었다.

"그동안 많은 괴로움이 있었지만 참아 보려고 했습니다. 제 팬이니까. 오늘 얼굴 보고 진심으로 사과받으면 다시 고민해 볼 생각이었습니다. 그런데 참는 게 해결책은 아닌 것 같네요. 고소 진행하겠습니다."

여자가 아악 비명을 지르며 바닥에 주저앉았다. 그러다가 브이에게 순식간에 달려드는 걸 옆에 서 있던 매니저 아저씨가 떼어 놓으며 냉정한 목소리로 말했다.

"당신은 진짜 팬이 아니야! 팬을 가장한 범죄자일 뿐이지."

그 말에 여자가 흐느끼며 책상에 엎드렸다.

무거운 침묵이 우리 사이에 가득 찼다. 그리고 해결되지 않은 궁금증은 더 무겁게 자리 잡았다. 브이는 왜 동화를 여자 옆에 앉게 한 걸까? 동화는 이 사건과 무슨 관련이 있는 걸까? 머릿속이 뒤죽박죽이 되어 빵 하고 터져 버릴 것 같았다.

그 순간 나드림이 눈을 가늘게 뜨며 나를 돌아봤다. 또 모든 걸 알아냈다는 표정으로.

"나, 저 여자 누군지 알 것 같아."

"누군데?"

잠시 망설이던 나드림이 핸드폰을 다시 검색하더니 고개를 끄덕였다.

"차현우 인스타 뒤지다가 사진 봤어. 차현우 누나야."

"잠깐만. 그럼 혹시 브이 합성 영상 유포한 사람이랑 동화 영상 만든 사람이 같은 사람이라는 거야? 그게 차현우 누나고……?"

그제야 모든 퍼즐 조각이 맞춰지는 기분이 들었다. 우리 반 단톡방에 숨어 대화를 훔쳐보고, 동화의 영상을 마음대로 합성해 퍼트린 범인. 우리가 찾던 범인의 정체는 상상도 하지 못한 사람이었다. 편의점에서 누나 이야기가 나오자 날카로워지던 차현우의 표정이 떠올랐다.

"이동화 군은 어떻게 하겠습니까?"

동시에 동화를 향해 모든 눈길이 쏠렸다.

"어제 제보가 들어왔어요. 어떤 학생이 자기 누나가 합성 영상을 만들어서 퍼트렸다고 처벌해 달라고 찾아왔는데, 얼마 전 저 친구들이 찾아와서 보여 줬던 영상이더군요. 따로 연락하려고 했는데 사건이 이렇게 관련 있을 줄은 몰랐네요. 정황상 브이 합성 영상 제작한 사람이 이동화 군 영상도 제작한 것으로 확인됩니다."

여자의 눈빛이 흔들렸다.

"그거 신고한 게 혹시……."

"차현우 군, 동생분입니다."

여자는 다시 애원하는 목소리로 가늘게 말했다.
"처음에는 아무것도 안 하고 구경만 했어요. 그러다가 저 남자애 영상을 봤어요. 처음에는 장난이었는데 생각할수록 화가 나더라고요. 정신 차리라고 만든 거예요. 쟤를 위해서!"

경찰이 황당하다는 듯 한숨을 내쉬고는 동화를 향해 말했다.

"그때 말했던 대로 이동화 군이 신고 접수를 해야 진행 가능합니다."

동화가 천천히 입을 열었다.

"저는 괜찮아요."

나도 모르게 벌떡 일어났다.

"야! 뭐가 괜찮아. 안 괜찮잖아! 괜찮다고 안 해도 돼. 그냥 처벌해 달라고 해. 그래야 네가 안 힘들다고."

늘 내 머릿속을 휘어잡았던 후회가 입 밖으로 튀어나왔다. 내가 그때 누구든 혼내 줬어야 하는 건데. 모두 앞에서 망신을 주고 벌을 줬으면 내가 이렇게 힘들지는 않았을 텐데 하는 그런 후회들.

그러자 동화가 차현우의 누나를 보며 물었다.

"제가 브이 노래로 춤추는 게 우습다고, 제 춤이 브이에 대한 모욕이라고 했죠."

동화의 말에 브이가 놀란 듯 동화를 쳐다봤다. 하지만 동화는 담담했다.

"저는 제 모습이 안 웃겨요. 춤을 배우면서 변할 미래의 제 모습이 점점 기대되거든요. 재미로 다른 사람의 영상을 마음대로 합성해서 이 자리에 있는 당신은 미래에 어떤 모습일 것 같아요?"

"웃기네. 네가 무슨 상관이야. 내가 미래에 어떤 모습이건 말건."

여자가 빈정거렸다. 하지만 동화는 흔들리지 않고 말을 이었다.

"앞으로 그런 영상 만들지 마세요. 재미있어서 만드는, 다른 사람에게는 상처가 되는 그런 가짜 영상이요. 저한테 진심으로 사과하세요. 그러면 신고 안 하려고요."

그러자 여자가 다시 급하게 고개를 끄덕이며 울먹였다.

"절대 안 그럴게요. 죄송해요. 용서해 주세요."

여자는 마치 두 얼굴을 가진 것처럼 순식간에 돌변했다. 여자의 사과를 받은 동화가 홀가분한 표정으로 일어나 우리 쪽으로 다가왔다.

"됐어. 이 여자가 벌을 받든 안 받든 상관없이 나는 이렇게 생각하기로 했어. 그 영상은 아무 의미 없는 낙서 같은 거. 나는 진짜 내 모습을 아는 너희들이 있으니까 괜찮아. 정말로."

가슴이 뻐근했다. 동화의 괜찮다는 말이 진짜 진심으로 다가왔으니까. 나도 그동안 나를 괴롭히던 사진을 꺼내 그 자리에서 지워 버렸다. 담벼락에 그려진 낙서를 지우듯이. 이렇게 간단한 일을 왜 그동안 안 하고 있었을까. 낙서가 지워져도 자국은 남겠지만, 그 자국도 시간이 지나면 찾지도 못할 만큼 희미하게 지워질 거다.

다시, 레디 액션!

"일단 부모님 연락처 남겨주시면 저희가 부모님께도 확인하고 처리 진행하도록 하겠습니다. 이 사건, 부모님은 알고 계시죠?"

그러자 동화가 머뭇거리다 고개를 저었다. 동화에게 이야기해 줄 것이 생겼다. 말하는 것이 말하지 않는 것보다 더 가벼워지는 방법이라고. 그리고 부모님은 우리 생각보다 우리를 더 많이 믿어 주고 있을지도 모른다고 말이다.

그때 쾅 하고 문이 힘차게 열리더니 커다란 선글라스를 쓴 한 여자가 경찰서에 등장했다. 경찰서 오는 길에 엄마에게 연락했다. 도와줄 수 있냐는 내 말에 엄마는 내가 도와달라고 말하는 것이야말로 늘 바라던 일이라고 대답했다. 헬스장에서 바로 왔는지 엄마는 딱 달라붙는 레깅스 차림이었다.

"우리 애들 때문에 왔는데요. 우리 애들 경찰에 신고한 분인가요?"

브이는 금방 상황을 파악했는지 정중한 목소리로 대답했다.

"아닙니다. 직접적으로 제 사건과 관련은 없습니다."

"그러면 우리 애들은 참고인, 뭐 그런 건가요?"

"네. 그동안 친구의 합성 영상을 제작한 범인을 잡으려고 계속 노력했더라고요. 그 과정에서 제 사진을 이용하긴 했지만, 이 친구들도 많은 것을 느꼈을 것 같아 이번 한 번은 넘어가려고 합니다. 사건의 내용을 정확하게 알고, 마무리를 짓게 해 주고 싶기도 했고요. 그리고 사실 다른 친구들은 안 불렀는데 자기들이 알아서 따라온 겁니다."

계속 무표정한 얼굴로 앉아 있던 브이가 아주 희미하게 보일 듯 말 듯 미소를 지었다.

아, 옛날이야기의 결말은 해피엔딩이었다.

그리고 미소의 말도 사실이었다. 인성과 능력을 겸비한

최고의 가수! 나는 앞으로 무조건 브이의 찐팬이 되기로 마음먹었다.

"그럼 문제는 없네요. 그런데 온 김에 저도 신고 좀 할게요. 미국 사건인데 여기에 신고해도 되나요? 우리 아들을 여자로 합성한 사진이거든요. 그놈 인터폰 공개 수배해 주세요."

"네? 인터폰이 아니라 인터폴이겠죠. 그리고 그 정도 사건으로 인터폴이라니 말도 안 됩니다."

그러자 엄마가 눈을 부릅떴다.

"이 정도 사건이라뇨. 그럼 경찰관님, 운동하시죠? 저는 3대 350 치는데, 경찰관님은 어떤가요?"

"아, 전 아직 3대 250 정도가 최대입니다."

무게 이야기에 경찰의 표정이 진지해졌다.

"그러니까요. 그렇다면 저한테 300은 가볍지만, 경찰관님한테 300은 힘들겠죠? 누군가에게는 가벼운 것도 어떤 사람에게는 들 수 없을 정도로 아주 무겁기도 한 거예요. 무겁다면 무게를 덜어 주든지, 같이 들어 주든지, 그래야 하는 거 아닐까요? 그것이 국민의 지팡이! 경찰이 해야 하는 일 아닌가요?"

경찰이 얼떨결에 고개를 끄덕였다.

"네. 그건 그렇죠. 도움 드릴 일이 있을지 한번 알아보겠습니다."

말을 마친 엄마가 당당하게 우리 옆에 앉았다. 나드림이 내 귓가에 대고 간지럽게 속삭였다.

"경찰 아저씨 눈빛이 존경의 눈빛으로 바뀌었어. 3대 350이 뭔지 넌 알아?"

"쉽게 말하면 근력이 얼마나 센지 비교할 수 있는 숫자야. 데드리프트, 스쿼트, 벤치 프레스. 이 세 개를 합쳐서 우리 엄마가 들 수 있는 무게가 총 350킬로그램이라는 말이지."

"헐. 너희 엄마 완전 멋있다."

"좀 그런 것 같네."

우리는 아주 작게 하이파이브를 했다.

그때 사무실 문이 열리며 또 누군가 들어왔다. 이번에는 차현우, 그리고 아빠로 보이는 아저씨였다. 차현우는 우리와 눈이 마주쳤지만, 삐딱하게 고개를 돌렸다. 하지만 눈빛에 스친 당혹감은 숨길 수 없었다.

"우리 애가 고등학교 때는 전교 1등도 한 녀석입니다. 그럴 리가 없습니다. 절대로."

아저씨는 책상 앞에 선 채로 목소리를 높였다.

우등생이었던 차현우의 누나는 어느 순간부터 게임과 합성 영상 제작에 빠지더니, 거기에 온 시간과 돈을 쓰기 시작하면서 변해 버렸다고 아저씨는 말을 쏟아 냈다. 결국 졸업하지 못하고 자퇴했지만, 곧 검정고시를 보고 좋은 대학도 갈 거라고. 그리고 애들을 자꾸 현혹하는 연예인이 문제라고 당당하게 주장했다.

우당탕탕.

순간 차현우가 자기 앞에 있는 의자를 발로 찼다. 동시에 차현우가 소리쳤다.

"그만 좀 해. 남 탓하는 거 이제 쪽팔려. 아빠는 늘 그런 식이지. 내가 누구를 괴롭혀도 그 애 탓, 선생님한테 대들어도 선생님 탓. 공부만 잘하면 된다고? 공부 잘하면 뭐 해? 나는 엉망진창인데!"

"차현우, 무슨 소리야. 너도 뭐 잘못한 거 있어? 영상 만든 거 넌 관련 없다며?"

차현우의 아빠가 무섭게 차현우의 어깨를 흔들며 다그쳤다.

"알면서도 모른 척한 거야. 나 동화 사물함 테러하고, 체육복도 훔쳤어. 더 말해 줄까? 예전에 했던 거까지 말하려면 한참 걸릴 텐데."

"뭐? 너 정신 차리고 똑바로 행동하라고 했지! 네 누나도 모자라서 너까지 그러면 안 된다고 했지!"

경찰은 현우가 말한 내용을 기록하는 듯 소란을 말리지 않고 지켜봤다.

차현우는 반쯤 흐느끼고 있었다. 그런 모습을 우리에게 보이고 싶지 않을 것 같았다. 마음이 통했는지 동화가 우리에게 눈짓하며 일어섰다.

"저희가 해결할 수 있도록 기회를 주셔서 감사해요. 죄송하지만 뒷일을 잘 부탁드립니다."

본격적인 진술 전에 우리는 함께 경찰서를 나왔다. 엄마는 회원님을 버려두고 왔다며 헬스장으로 서둘러 돌아갔다.

그렇게 잡고 싶었던 범인을 드디어 잡았다. 시원하기도 하고 슬프기도 한 이상한 기분으로 우리는 말없이 한참을 나란히 걸었다. 어색하게 날을 세웠던 1조에서 딥페이크 사건 범인 검거단이 되어 일어난 일들이 스쳐 지나갔다. 내가 주먹을 꽉 쥐는 대신 손바닥을 펼치게 되기까지, 그동안 있었던 일들이 긴 꿈처럼 느껴졌다.

제일 앞장서서 걷던 하리가 미소 핸드폰에 걸린 브이 인형을 가리켰다.

"미소 너, 브이 봤는데 왜 이렇게 뜨뜻미지근해? 너 브이 찐팬 아니었어? 마음 변했어?"

"팬이지. 지금도 팬이거든! 그런데 내 심장을 뛰게 하는 사람은 따로 있는 거 같아. 브이를 봤는데도 심장은 안 뛰더라고. 오히려 브이 노래를 들을 때 심장이 뛰지."

하리와 나는 의미심장한 눈빛을 주고받았다. 동화의 옆얼굴이 빨갛게 달아올라 있었다.

"동화 너는 아무것도 안 해도 진짜 괜찮겠어? 나중에 후회하는 거 아니야?"

나드림의 말에 동화가 우뚝 멈추어 섰다.

"응. 나는 지금 그것보다 더 중요한 게 있거든. 꼭 해야 할 일. 지금 말하지 않으면 후회할 거 같아."

그 말이 무슨 말인지 알 것 같은 내가 싫었다. 멀리 도망가기도 전에 동화가 폭탄을 터트리듯 큰 목소리로 말했다.

"나 미소 좋아해!"

으악. 입 밖으로 비명이 터져 나왔다. 이미 동화의 표정을 보며 눈치를 챘는데도 손발이 오그라들었다.

"사실 그동안 네가 날 진짜로 좋아할 리 없다고 생각했거든. 그래서 계속 피하기만 했어. 그런데 나보다 내 일에 더 화를 내고, 범인을 찾으려고 도와주는 모습을 보면서 진짜 나를 좋아한다는 게 믿어졌어."

"넌 다 좋은데 자신감 없는 게 흠이라니까. 네가 얼마나 괜찮은지 너만 몰라, 바보야."

"헐. 우리도 열심히 도와줬는데 왜 미소만 좋아한다는 거야! 이동화, 웃겨!"

장하리가 부르르 화를 냈고, 나는 미소의 말이 너무 닭살 돋아서 팔뚝을 문지르며 빠르게 걸었다. 한편으로는 동화가 조금 부럽기도 했다. 내가 얼마나 괜찮은 사람인지, 알아주는 누군가가 있다면 행복할 것 같다는 생각이 들었다.

모든 걸 해결하고 홀가분해진 듯 빠르게 걷던 나드림이 갑자기 멈추어 서서 주변을 한 바퀴 돌아보더니 대뜸 물었다.

"너희 모르는 길을 갈 때 어떤 생각을 해?"

앞뒤 설명 없이 이상한 질문을 던지는 게 나드림답다. 늘 친절한, 아니 가끔만 친절한 미소가 곰곰 생각하더니 대답했다.

"글쎄…… 그냥 길을 잘 찾아가야겠다는 생각?"

"길을 잘 찾아야 하니까 더 자세히 보게 되지 않아? 집중해서."

그러자 동화가 대답했다.

"맞아. 저기 봐. 문구점 이름이 문구방구야."

미소와 동화가 둘만의 세상에 있는 듯 키득거렸다.

"다 아는 길은 오히려 다른 생각에 빠져서 길을 보지 않는데 처음 가는 길은 더 자세히 보게 돼."

하리도 맞장구쳤다. 나는 참지 못하고 툭 말을 건넸다.

"그래서? 무슨 말을 하고 싶은 거야? 넌 돌려 말하는 이상한 버릇이 있어."

"나는 누군가를 알아 가는 게 모르는 길을 가는 거랑 비슷하다고 생각해. 관찰해서 사람들을 알아 갈수록 재미있어."

다큐멘터리 감독이 꿈인 녀석다운 말이었다. 그래서 나에 대해 궁금했고 이제 나에 대한 궁금함이 사라지면 또 다른 궁금한 사람을 찾겠네. 조금 서운한 마음이 들었다. 아직 내가 얼마나 괜찮은 애인지는 못 보여 준 것 같은데.

서운한 마음에 심술부리듯 퉁명스러운 말이 튀어나왔다.

"그럼 우리에 대해서 다 알아 버리면 재미없어서 같이 안 놀겠네."

"뭐, 그럴 수도 있지. 너무 익숙해지면 소중함을 잊는다고 하잖아. 하지만 다 알게 되는 날이 올까?"

나는 길바닥의 돌멩이를 툭 걷어찼다. 돌멩이가 돌돌돌 굴러 길가의 수풀 사이로 쑥 사라졌다. 나드림의 목소리가 돌돌돌 내 마음속에도 굴러왔다.

"길은 계속 변하잖아. 우리가 변하는 것처럼. 매일 궁금하고 재미있진 않더라도 어느 날 문득 또 새로운 모습을 보게 되겠지. 익숙했다가 새로워지고, 또 익숙했다가 새로워지고."

이번 일을 겪으면서 알았다. 상처받지 않으려고 마음을 꽁꽁 잠그는 건 새로운 길을 가지 않고, 아는 길만 다니는 것과 비슷하다는 걸. 물론 누군가를 알아 가는 건 기쁘고 행복한 일만 있는 건 아니다. 때로는 길을 잘못 들어 헤맬 수도 있고, 예상하지 못한 일이 생겨 후회할 수도 있다. 하지만 해 볼 만한 일이다. 가끔 괴로울 수는 있겠지만, 그보다 더 소중한 걸 찾는 길이 될 수도 있으니까. 결국 네가 '그럴 줄은 몰랐어'라고 말하게 되더라도.

 나드림 말대로 어느새 길을 걷다 보니 우리가 알고 있는 건물들이 눈에 들어왔다. 처음 한국에 돌아왔을 때 낯설기만 했던 거리, 몇 달 사이 너무나도 익숙해져 새롭지 않게 된 골목길을 천천히 둘러봤다.

 담벼락 아래에 민들레가 피어 있었다.

 나는 민들레를 뽑아 후 불었다. 씨앗이 멀리멀리 날아갔다. 새롭게 피기 위해서.

 동화의 말에 따르면, 다음 날 차현우의 가족이 동화네 집을 찾아왔다. 커다란 과일 바구니를 들고서 말이다. 두 아이의 미래를 위해 넓은 마음으로 이해해 달라며 내민 화려한 과일들은 예쁜 겉모습과는 다르게 맛이 없었다고 했다. "그래서 어떻게 하기로 했어?"라고 묻는 우리들에게 동화는 메시지를 하나 보여 줬다.

> 미소 때문에 너한테 그런 거 아니야.
> 그냥 늘 웃고 있는 네가 싫었어. 네가
> 화내는 모습을 보고 싶었던 거 같아. 내가
> 이해가 안 되지? 나도 내가 왜 그랬는지
> 잘 모르겠어.
> 우리 가족은 아마 지방으로 이사 가게 될 것
> 같아. 소문이 나서 창피하대. 차라리 크게
> 벌을 받는 게 나을 것 같다는 생각도 들어.
> 네가 학폭으로 날 신고해도 괜찮아. 어쩌면
> 그게 더 좋은 방법일지도 몰라. 미안해.

동화는 말했다. 화려한 과일 바구니보다 이 메시지가 더 진짜 같았다고. 동화는 그날 밤새 고민을 했고, 동화의 부모님과 이야기 끝에 학폭 신고는 하지 않는 것으로 결정했다.

하지만 차현우의 가족이 받을 벌은 이제부터 시작일 거라는 생각이 들었다. 해결하지 못한 채 억지로 묻어 둔 마음은 그 사람을 끊임없이 괴롭히고, 결국 모든 것을 삼켜 버릴 수도 있다는 걸 나는 누구보다 잘 알고 있으니까. 차현우가 그걸 깨닫게 되는 날이 너무 멀지 않기를 나는 진심으로 바랐다.

우리 조 발표는 가장 마지막 순서였다. 새로 찍은 영상에는 새로운 장면이 담겼다. 댄스 영상이 끝난 후 동화는 카메라 앞에 다시 선다. 화면 속의 동화는 당당하고, 어쩐지 조금 더 멋있어진 것 같았다.

"모두가 나를 비웃고 웃음거리가 되었을 때도 제 친구들은 끝까지 제 편을 들어주었어요. 지금은 제 모습을 있는 그대로 좋아해 주는 사람들이 많다는 걸 알아요. 그동안 창피해서 말하지 못했는데 이제는 말할 수 있어요. 제 꿈은 가수입니다. 가수가 되어서 브이와 한 무대에 서는 게 꿈입니다."

동화의 당당한 선언에 영상을 보던 우리 반 아이들에게서 환호와 함께 박수가 터져 나왔다. 뒤이어 이어진 미소와 하리, 나와 나드림의 꿈을 담은 영상은 조금 심심하게 마무리되었다. 나는 결국 공부하는 영상을 찍어서 아이들의 야유를 받았지만, 아쉽지 않았다.

아직 나의 길은 끝나지 않았고, 새로운 길도 익숙한 길도 나는 계속해서 걸어 나갈 테니까. 혼자가 아니라 함께.

발표가 끝나고 팔짱을 낀 채 만족스러운 표정을 짓고 있는 우리 조의 감독 나드림에게 다가갔다. 다큐멘터리를 좋아하고, 무언가를 알아냈을 때는 눈을 가느다랗게 뜨는, 갈색 눈동자를 가진 나드림이 나를 빤히 올려봤다. 나는 그 눈을 피하지 않았다.

"나 궁금해졌어. 앞으로 네가 만들어 낼 풍경이."

"무슨 말이야? 나더러 돌려 말한다더니 너도 이상한 재주가 생겼네."

나드림이 평소답지 않게 내 눈을 피했다. 그래도 나는 나드림과 눈을 맞췄다. 처음 나드림이 그랬던 것처럼. 나에 대해 궁금해했던 것처럼.

두근.

멈춰 있던 것 같던 내 심장이 크게 출렁였다.

학교 방송실에서 틀어 준 브이의 신곡이 스피커를 통해 교실에 가득 찼다.

브이가 노래했다.

브이만이 만들어 낼 수 있는 진짜 목소리로, 뜨겁게 소리쳤다.

| 작가의 말 |

이 이야기는 쓰는 동안 주인공이 여러 번 바뀌었다.

첫 번째 주인공 후보였던 나드림은 주인공으로 세우기에 꽤 괜찮은 매력을 가지고 있었다. 적극적이고 명랑하고, 사소한 단서로 범인을 찾아내는 역할도 무리 없이 해냈으니까. 그런데 이상하게 이야기가 겉도는 느낌이었다. 다큐멘터리는 완성되었지만, 정작 중요한 이야기가 빠져 있다는 생각이 들었다. 그래서 동화의 시선으로 이야기의 방향을 바꾸었다. 늘 괜찮다고 말하는 동화. 지지해 주고 믿어 주는 친구들 덕분에 비로소 당당하게 자신의 진짜 마음을 이야기할 수 있게 되는 동화 이야기를 쓰다 보니 이번에는 강루이가 마음에 걸렸다.

시간이 갈수록 계속해서 조각나고 맞춰지지 않는 이야기들을 보며 암담함을 느꼈다. 이러다가 이야기를 완성하지 못하게 될 수도 있다는 생각이 들었지만, 루이의 시선에서 쓰지 않을 수 없었다.

해결하지 못한 마음을 단단한 껍질로 덮어둔 채 괜찮은 척, 아무렇지 않은 척하는 강루이에게서 내 모습이 보였기 때문이다. 나만 두고 다른 아이들이 무리를 지었다고 느꼈을 때, 누군가 나의 부족함을 알아채고 비난할 때, 내 힘으로 해결할 자신이 없는 일이 생겼을 때, 단단한 껍질을 만들어 덮어 두고 아닌 척 가시를 세우던 모습이 내게도 있었으니까. 그때 알았다. 이 이야기의 주인공은 루이가 되어야겠구나.

강루이는 처음에 여자아이로 설정했었는데, 현재 대부분의 딥페이크 피해는 여성, 그리고 성적인 제작물이 압도적으로 많기 때문이었다. 그러다 보니 루이의 이야기보다 등장하는 사건에 시선이 너 집중되어 버렸다.

조금 다른 방향의 이야기를 하고 싶었다.

딥페이크 합성물을 제작하되 성적인 영상이 아니라면, 결과물이 그럴듯하면, 좋은 의도를 갖고 만든 거라면 괜찮을까? 과연 타인의 동의 없이 행해지는 행위는 어디까지 허락할 수 있고, 어디부터는 안 되는 것일까.

이야기를 쓰면서 나도 답을 찾는 마음이었다.

이 아이들이 할 수 있었던 수많은 선택 중, 마지막으로 내가 선택한 장면이 답은 아니다.

딥페이크 영상 뒤에는 그 영상을 만든 사람이 있듯이, 그러한 영상으로 인해 상처받고 고통받는 건 우리 곁에 함께 있는 사람들이라는 걸 생각하자는 마음이 결국 내가 찾은 답이다.

나는 루이를 통해 하고 싶었던 말을 했다. 손바닥을 펼치면, 아니 펼쳐야 손을 잡아 줄 수 있다고. 손과 손이 맞닿는 그 따스함과 찌릿한 전류를 느끼며 살자고. 어려웠던 이 이야기를 끝까지 쓴 건 결국은 그것 때문이었다.

비난과 혐오가 가득한 세상에서 가끔은 내 손바닥을 펼치는 일조차 아득하게 느껴진다. 그러나 해야 한다. 꽁꽁 묶인 매듭은 오직 손으로만 풀 수 있다.

욕심내서 꿰맨 글에 기운 조각이 보일까 걱정된다. 하지만 이 이야기의 한 조각이라도 가 닿아 어디선가 자신의 손을 잠시 펼쳐 본 친구가 있다면, 그것만으로도 충분할 것 같다.

원고의 부족함에 대한 걱정과 불안함으로 주먹을 꽉 쥐고 있던 내게 따스한 손을 내밀어 준 서유재 출판사 대표님께 진심으로 감사드린다. 언제든 내가 손을 내밀면 잡아 주리라는 믿음이 있는 내 곁의 가족과 친구들에게도 감사와 사랑의 마음을 전한다.